KB143490

지하철 거꾸로 타다
6호선

서금복 수필집

초판 발행 2017년 4월 5일
지은이 서금복
펴낸이 안창현 **펴낸곳** 코드미디어
북 디자인 Micky Ahn **교정 교열** 백이랑

등록 2001년 3월 7일
등록번호 제 25100-2001-5호
주소 서울시 은평구 갈현로 318-1 1층
전화 02-6326-1402 **팩스** 02-388-1302
전자우편 codmedia@codmedia.com

ISBN 979-11-86104-54-5 03810

정가 12,000원

이 책의 판권은 지은이와 코드미디어에 있습니다.
잘못 만들어진 책은 교환해드립니다.

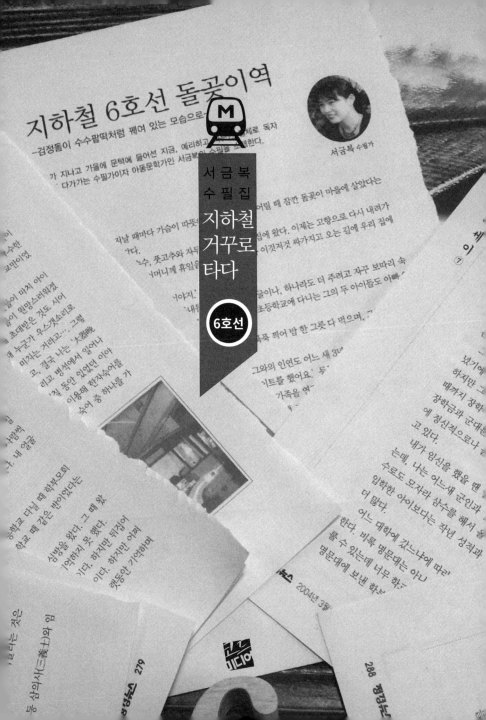

나는 지하철 타는 걸 좋아합니다. 목적지까지 정확하게 갈 수 있고, 많은 생각을 데리고 탈 수 있어서 그렇지요.

아마추어 시절 각종 대회에 응모했다가 당선된 수필을 중심으로 낸 첫 수필집, 『옆집 아줌마가 작가래』를 펴냈을 때 어느 교수님께서 그러셨지요. 이제는 주제를 갖고 수필을 써 보라고….

마침 3년간 월간 잡지에 연재할 기회도 생겼기에 내가 좋아하는 교통수단인 지하철 역에 관해 쓰기로 했고, 집에서 가까운 6호선 봉화산역부터 출발했습니다. 그러다 대학원에 다니며 시를 공부하는 바람에 여러 문예지와 동인지에 발표한 걸 모아 엮기까지 13년이 걸렸네요.

그러나 역의 유래도 알게 되었고, 역마다 들어있는 가족, 친구, 친척과 문우에 대한 사랑을 펴내게 되어 기쁩니다. 응암역(610)에서부터 시작된 역 번호와는 반대로 봉화산역(647)부터 시작해서 38개 역을 거꾸로 달리며 저의 지난 삶을 되돌아봤습니다. 자랑스러운 일보다 부끄러운 일이 더 많지만, 스스로 반성하며 각오하는 게 문학활동을 하는 목적 중 하나가 아닐까 하는 마음으로 용기를 냅니다.

이 책이 제 개인적인 삶을 떠나 먼 훗날, 1959년에 태어난 여자가 2013년부터 2016년까지는 대충 이렇게 살았구나, 사회 배경은 이랬구나 하는 걸 조금이라도 보여준다면 좋겠습니다.

문학의 첫사랑인 수필과 다시 만나게 해 준 서울 광진문화예술회관 수필창작반 수강생들과 그곳에서 출발해 함께 문학의 길을 걷게 된 '참좋은 문학회' 작가들에게 고마운 마음을 전합니다. 그리고 30년 가까운 세월 동안 어떻게 사는 게 잘 사는 것인지를 보여주고 있는 '편지마을' 선·후배님들께는, 등단한 지 20년 만에 간신히 두 번째 수필집을 펴내는 나의 게으름까지도 사랑해 주십사 부탁드립니다. 그 외 역마다 들어 있는 추억의 주인공들께는 미흡하나마 이 수필집과 함께 인사드리겠습니다. 수필집이 나오면 봉화산역이 있는 서울의 끝자락 중랑구, 우리 동네를 사랑하는 '중랑문인협회' 회원들이 저만큼 기뻐할 거라고 믿습니다.

수필을 사랑하는 마음으로 꼼꼼하게 교열해주신 이영규 동화작가님과 이 책을 펴낼 수 있도록 도와주신 많은 분께 감사드립니다.

2017년 3월에
서금복 드림

Contents

보문

창신

동묘앞

신당

청구

약수

버티고개

광흥창 대흥 공덕 효창공원앞 삼각지 녹사평 이태원 한강진

Contents

서금복
수필집

지하철
거꾸로
타다

6호선

647 봉화산 샐리와 머피가 만났을 때

　　출발하려는 전동차에 아슬아슬하게 탔다, 샐리와 함께⋯. 집 앞에서 봉화산역으로 오는 마을버스를 놓치게 했던 머피가 샐리에게 바통을 넘겨준 셈이다. 다행히 약속 시각은 지킬 것 같다. 역시 택시 타지 않길 잘했다.

　마을버스를 뻔히 보면서도 놓치고 나면 시간을 벌 것인가, 택시비를 벌 것인가로 갈등하게 된다. 그러면서도 끝내 마을버스를 기다리는 건 오늘처럼 머피가 샐리에게 바통을 넘겨주는 날도 있다는 걸 알기 때문이다.

　물론 마을버스를 눈앞에서 놓친 데다 전동차까지 놓친 날도 있다. 그런 날은 십중팔구 '머피의 법칙'이 적용되는 날이다. 1949년 미국 공군 머피 대위는 조종사들이 받는 중력에 대해 실험했다고 한다. 실험은 계속 실패했고 머피 대위는 실패의 원인이 부품의 잘못된 배선을 반복했기 때문이라는 걸 밝혔다. 그 후 사소한 선택이 나쁜 결과를 불러오거나, 그런 이유로 좋지 않은 일들이 연속될 때를 가리켜 우리는 '머피의 법칙'이라고 부르게 되었다. 전동차에서 뛰지도 못하고 한 정거장 갈 때마다 시계만 들여다보노라면 입은 바싹 마르는데, 약속장소로 가는 출구는 내가 내린 곳에서 맨 끝에 있다. 핸드백을 유치원생처럼 반대편 어깨에 메고 헐레벌떡 달려갔건만 모임 사람들은 반 정도밖에 와 있지 않다. 화를 꾹 눌러도 밴댕이 소가지는 결국 상대방의 말실수를 꼬리 잡아 그동안 쌓아놓은 세월에 금이 가게 하는 날이 있다. 바로 머피의 날이다.

그 반대로 샐리의 날도 있다. 마치 나를 위해 누군가 보내주듯 정류장에 도착하자마자 버스 문이 열리고, 봉화산역에서 기다리고 있던 전동차 문이 스르르 열릴 때도 있다. 그런 날은 전동차 유리창에 비치는 내 얼굴도 그런대로 예쁘게 보이고 친구들도 '너 아프니? 얼굴이 안됐다.' 등등의 말로 기죽이진 않는다.

하지만 그런 날이 얼마나 되겠는가. 삶이라는 게 그렇게 '샐리의 법칙'으로만 이어졌다면 적어도 지금 내 맞은편에 앉아 있는 승객들은 하품하거나 졸거나 턱을 고인 채 찡그리고 있지는 않을 것이다.

결국, 삶이란 머피와 샐리가 어떤 순서로 섞였는가의 차이이지 펼쳐 놓고 보면 같은 비율이 아닐까 생각한다. 어떤 일이 생겼을 때, 그 일을 어느 편에 놓을 것인가는 각자의 가치관과 인생관에 달렸다고 본다. 응암에서 출발하면 봉화산역이 종점이지만 나처럼 봉화산역에서 출발하면 시발점이 되듯 말이다.

그러고 보면 삶에서 필요한 건 최선을 다하려는 노력이 아닐까 싶다. 나는 마을버스를 놓친 대신 출발하려는 전동차에 올라타기 위해 노력했다. '머피의 법칙'에서 벗어나기 위해 나름대로 애를 썼다. 10분을 기다리다 도착한 마을버스에 제일 나중 타고 가장 먼저 내려서 전철역 계단을 넘어지지 않을 만큼 달렸다. 이마로 흘러내리는 땀을 닦을 엄두도 내지 못했다. 그렇게 해서 샐리를 내 편으로 만들었다. 영화 '해리가 샐리를 만났을 때'(1989년)의 여주인공 샐리가 남자친구인 해리와 만났다 헤어지기를 반복하다가 결국은 해피엔딩으로 자기 삶을 이끌어 갔듯이 말이다.

전동차가 어느새 굴을 빠져나와 희끗희끗 다음 역의 불빛을 보여준다. 그제야 이마로 흘러내리는 땀을 닦으면서 앞으로는 약속 시각에 맞춰 빠듯하게 나오면 안 된다고 자신을 나무란다. 그러다가도 전동차의 문이 닫히는 순간 탈 수만 있다면 이 정도의 긴장과 스릴은 누려도 되지 않겠느냐는 생각에 아무도 모르게 혀를 쏙 내민다. 내가 왜 허구한 날을 초조와 갈등으로 사는지 깨닫는 순간이다.

　봉화산역에서 출발한 전동차가 다음 역인 화랑대역으로 바통을 이어
주고 있다. 그 모습을 머피와 샐리가 호기심 가득 찬 눈으로 내다보고 있
다. (2003)

6호선
P647

봉
화
산

　봉화산은 일명 봉우재라고 불리는데 1963년 1월 1일 경기도 양주군 구리면에서 서울시로 편입되었다. 경기도 양주 한이산에서 목멱산(남산)으로 전달하는 아차산 봉수대가 있던 곳으로 지난 1994년 11월 봉수대를 복원하였다. 2013년 12월에 지정된 봉화산역의 부역명副驛名은 서울의료원역이다.

646 화랑대 · 마침표 대신 쉼표를 찍던 그 사람

　　그를 알기 전엔 직업군인이라면 무조건 무섭고 삭막한 사람인 줄 알았다. 하지만 그가 한 손엔 까만 비닐봉지에 담긴 화분을, 또 다른 한 손엔 포장지 밖으로도 맛있는 냄새가 솔솔 나는 생과자를 들고 사무실로 찾아왔을 때 나는 그가 정이 많은 사람이라는 걸 알 수 있었다. 더욱이 그가, 보기만 해도 탐스러운 데다가 색깔 고운 망사 옷을 입힌 서양란 같은 화분을 들고 온 게 아니라 어느 시골 산길에서 퍼 담은 것 같은 소박한 풀처럼 생긴 걸 들고 온 모습을 본 순간, 그는 커피보다는 녹차를 더 좋아할 거라고 생각했다. 그는 역시 녹차를 마시고 싶다고 했고, 시종일관 미소를 잃지 않은 채 나직나직한 목소리로 이야기했다.

　　시에 대한 이런저런 이야기를 나누고 있을 때 그의 휴대전화가 울렸다. 초등학생인 그의 아들에게서 온 전화였는데, 그는 잠자코 듣고 있더니 그건 안 된다고 했다. 그래도 저쪽에선 계속 고집을 부리는 것 같았다. 대충 옆에서 듣고 있자니 인터넷에 있는 어떤 게임 사이트에 들어가려고 하는데, 어른만 들어갈 수 있게 돼 있으니 아빠의 주민등록번호를 가르쳐 달라는 내용 같았다. 내가 들어도 터무니없는 요구였건만 그는 초등학생인 자기의 아들을 설득하고 달래며 부드러운 목소리를 잃지 않았다. 아름다운 아버지의 모습을 보는 듯했다. 아이들에게 절절매는 엄마라고 소문난 나도 이 정도면 앞에 누가 있든 말든 소리를 지를 텐데, 그는 아들의 고집을 꺾을 수 없었는지 마지못해 주민등록번호를 불러주기 시작했다. 그러더니 아이에게 그랬다.

"미안해. 아빠가 주민등록 앞자리밖에 못 외우겠네. 뒷자리는 집에 가서 가르쳐 줄게."

부모로서 권위를 누리겠다고 아이들에게 늘 명령조로 말하고, 그들이 자기의 의견을 조금이라도 강하게 주장하면 말대꾸한다고 야단치던 나는, 그의 부드러운 음성과 재치에 적지 않게 충격을 받았다. 나는 그때그때 마침표를 찍으려고 했다. 쉼표나 줄임표는 박력이 없고, 비겁하다고 생각했다.

하지만 지금은 가끔 아이들로 인해 화가 많이 났을 때 그를 떠올리곤 한다. 물론 이미 화가 나서 큰 소리를 낸 후에 떠올리니 탈이긴 하지만.

출근길, 그를 떠올리는 동안 전동차는 30여 년 전 그가 다녔다는 육군사관학교가 있는 화랑대역에서 잠깐 쉼표를 찍더니 태릉입구역으로 향했다. (2003)

화랑이란 신라 시대의 민간 수양단체로 조직되었던 청소년의 집단이다. 심신의 단련과 유사봉공의 정신을 함양하여, 나라의 기둥을 양성하는 데 이바지하였던 국선國仙에서 유래한다. 인근에 육군사관학교가 위치하여 화랑대역이라 부른다.

645 태릉입구 미움과 그리움을 조준하여 쏘는 곳

다음에 도착할 곳이 태릉입구역이라는 방송이 나올 때마다 가던 길을 멈추고 내리고 싶은 충동을 느낀다. 하지만 그 충동은 마음속에서만 일렁일 뿐 실행에 옮긴 적은 거의 없다. 내게는 그럴 만한 용기가 없다. 그래도 오늘처럼 비가 내리는 날에는 모든 것 다 팽개치고 목까지 차오르는 그리움과 만나고 싶다.

고등학교 1학년 겨울방학 체육 숙제는 스케이트 타기였다. 친구들 대부분이 신촌과 이대입구에 살았는데도 우리는 무슨 까닭으로 이곳 태릉까지 왔는지 모를 일이다. 그 이후 결혼할 때까지 틈만 나면 이곳으로 달려왔다.

태릉은 봄꽃이 피어도 그리 화려하지 않고, 여름의 녹음이 강하지 않아서 좋았다. 더욱이 태릉의 가을은 낙엽을 밟는 대로 강퍅해진 우리 가슴을 다독여주었기에 어느 계절보다 좋았다. 사각거리는 얼음꽃을 꼭 포갠 손바닥 사이에 놓고 코끝이 아리다며 서로 마주 보고 웃던 그 겨울을 끝으로 십여 년간 태릉을 찾지 못했다.

그러다 몇 년 전부터 이곳을 다시 찾게 되었
다. 돌이킬 수 없는 말로 가족과 이웃의 마음을
아프게 했을 때, 지금 내게 무거운 십자가를 짊
어지게 해 준 것 같은 누군가가 미워질 때, 나
는 이곳을 찾는다. 어쩌다 동행하는 이가 있어
도 서로 별말을 하지 않는다. 그저 태릉 숲길의
맨 끄트머리에 있는 나지막한 초록 벤치에 앉
아 간간이 떨어지는 외로운 나뭇잎의 몸짓만
바라보고, 분위기 파악도 못 하고 장난치는 아

이처럼 우리 머리칼을 흩뜨려 놓고 도망가는 바람만 허망한 눈으로 좇
는다. 그러다 크레이 사격장에서 나는 총소리를 들으며 지금의 평화에
감사드리자고 마음 고쳐먹고, 내친김에 공기총 사격장으로 향하기도 한
다.

　나는 언제부터인가 알고 있었나 보다. 태릉에는 사격장이 있고 그곳에
내 마음의 과녁이 있다는 것을…. 그 과녁을 향해 나는 가끔 내 마음속에
장전되어 있던 그리움과 미움의 탄알을 사정없이 격발한다. 내 마음에
시도 때도 없이 넘나드는 미움을 향해 한 발 한 발 신중하게 쏜다. 그러
지 말자고 수도 없이 다짐하고서도 내 의지박약을 비웃기라도 하듯 발
딱 일어서는 그리움을 이제는 잠재우자고 오랫동안 조준하여 한 발 한

발 매섭게 쏜다. 그래도 내일이면, 아니 몇 시간 뒤면 또 일어설 미움과 그리움을 가슴 가득 안고 되돌아 나오던 태릉.

오늘처럼 비가 내리는 날, 그리움에 목이 차고 눈물이 고여도 모르는 척, 아닌 척하며 태릉입구역을 지난다. (2003)

지하철 거꾸로 타다

태릉은 불암산 남쪽 기슭에 위치한 사적 201호로, 조선 11대 중종의 계비이자 명종의 어머니인 문정왕후 윤씨의 능이다. 태릉 묘역 안에 있던 클레이 사격장은 36년 만인 2007년 10월에 철거됐다.

톱밥에 톱질해서 무엇하랴

의정부에 사는 아동문학가 K 선생님과 원고 때문에 가끔 만나는 곳이 석계역이다. 1호선과 6호선이 만나는 곳이기에 시간을 아끼려면 어쩔 수 없지만, 석계역으로 향할 때마다 가슴이 아프다. 벌써 10여 년이 다 돼가는 일이니 잊힐 법도 하건만, 그 후유증은 너무나 컸다. 남들은 운전면허증을 쉽게 취득하는 것 같은데 왜 남편에게만은 그렇게 힘들었는지. 운전학원에서 일어난 사고로 경찰은 남편을 몇 달 동안 오라 가라 하더니, 급기야 크리스마스이브에 구속했다. 변호사는 피해자와 합의를 보는 게 최고의 방법이라고 했지만, 사람을 구속할 만큼 심하게 다쳤다는 환자는 우리가 갈 때마다 없었다. 사람 대신 환자복만 침대에 뒹굴고 있었고, 그 병실에는 교통사고 입원 환자들이 족발을 시켜놓고 우르르 모여 고스톱을 치고 있었다. 밤새도록 병원 앞에 앉아 지키고 있어도 그 환자는 돌아오지 않았고, 그의 집으로 전화하면 어머니 된다는 사람이 악다구니를 치며 만나주지 않던 그 춥던 겨울. 시댁의 둘째 누님의 적금을 깨트려 마련한 거금으로 변호사를 선임한 덕에 남편은 4박 5일 만에 경찰서에서 나올 수 있었지만, 우리 부부는 그 이후 몇 가지 병을 앓아야 했고, 나는 수술까지 받게 되었다.

'누가 돈 많이 가지고 있는가? 누가 힘 있는 자와 손잡고 있는가?'에 따라 버틸 수 있는 사회의 어두운 면을 알게 해준 곳. 우리 가족을 궁지에 몰아넣은 그 환자가 살았던 동네가 그 근처에 있다. 석계역이 무슨 죄 있겠는가. 늘 바빠하는 나를 위해 의정부에서 오는 K 선생님 덕분에 어쩔 수 없이 석계역으로 나가긴 해도 그때마다 울컥 화가 치민다. 하지만 얼마 전부터는 과거에 집착할수록 어리석어진다는 걸 알게 되었다. 자기의 아내를 의심하며 손찌검하다가 심각한 우울증으로 자살한 어느 이웃을 보면서 인간이 인간을 미워하는 것이 죄 중의 죄며, 형벌 중의 형벌이라는 걸 깨닫게 되었다. 자의든 타의든 간에 이미 엎질러진 물이라면 다음부터는 엎지르지 않도록 조심해야지 계속 울고 있어서는 안 된다.

'과거의 문을 닫으십시오. 죽어 버린 과거는 무덤 속에 묻어 버리십시오. 내일의 짐과 어제의 짐까지 모두 오늘에 지고 가려 한다면, 아무리 강한 사람이라도 쓰러지고 말 것입니다.'

카네기 성공론에 나오듯이 이미 나무를 자를 때 생긴 톱밥에 계속 톱

질을 해서 무엇 하랴. 지하철 1호선과 6호선이 연결되어 늘 북적거리는 석계역을 아무렇지도 않은 마음으로 다가갈 수 있었으면 좋겠다. 6호선을 타고 가다가도 1호선으로 갈아타야 할 때는 석계역으로 가야 하듯, 이제는 미움과 원망의 노선에서 벗어나 사랑과 이해의 노선으로 갈아타고 싶다. (2003)

석계역은 석관동石串洞과 월계동月溪洞의 경계 지역에 위치하여, 석관동의 첫 글자인 석(石)자와 월계동의 두 번째 글자인 계(溪)자를 조합하여 제정했다.

검정 돌이 수수팥떡처럼
꿰여 있는 모습으로

돌곶이역을 지날 때마다 가슴이 따뜻해진다. 어릴 때 돌곶이 마을에 살았다는 이웃사촌들 덕인 것 같다. 그분은 어제도 수박과 옥수수, 풋고추와 자두 등을 갖고 우리 집에 왔다. 휴일을 맞아 시골에 있는 본가에 내려갔다가 이것저것 싸가지고 오는 길에 우리 집에 들른 거란다.

"그만해, 이 사람아. 우리도 먹어야지."

깍두기 담그라고 무까지 내어주는 아내를 말리는 그의 얼굴이나, 하나라도 더 주려고 자꾸 보따리 속으로 손을 디미는 그의 아내나 행복한 얼굴이었다. 아직 초등학교에 다니는 그의 두 아이도 아빠 엄마 따라 얼굴 가득 예쁜 꽃을 피우고 있었다. 저녁에, 몇 개를 먹어도 맵지 않은 풋고추를 된장에 푹푹 찍어 밥 한 그릇 다 비우며 그들과 우리 가족과의 인연에 대해 생각해봤다.

이제 대학생이 된 큰아들의 담임선생님이셨으니 그분과의 인연도 어느새 3년으로 접어든다. '학점을 그런대로 잘 받았어요. 방학했어요. 여자친구는 아직 없어요.' 등등 시시콜콜한 이야기로 선생님께 수시로 전화하는 큰아들이 결국 우리 가족과 그의 가족을 연결해주는 피대 역할을 하지만, 나는 가끔 그가 어린 시절을 '돌곶이 마을'에서 살았기에 이웃과 나누는 정이 유달리 깊은 게 아니냐는 생각을 해보곤 한다.

'돌곶이 마을'이란 이 마을 동쪽에 있는 천장산의 한 맥이, 검정 돌을 수수팥떡처럼 꼬치에 꿰어놓은 것과 같은 모습이라고 하여 붙여진 이름이라고 한다. 돌이 수수팥떡처럼 꿰여 있다는 풀이는 상상만으로도 따뜻해진다. 산 아래 옹기종기 모여 햇김치 했으니 맛이나 보라며 김치 한 보시기 나눠주고, 우리 아기 돌이니 잡숴보라고 수수팥떡을 돌리는 이웃의 모습이 눈에 보이는 듯하다.

큰아이의 담임선생님이셨던 그분 말고, 이웃사촌 중에는 돌곶이 마을과 아주 잠깐 연을 맺은 적이 있던 또 다른 이가 있는데, 그도 역시 우리 가족에게 늘 무엇인가를 베풀려고 하는 사람이다. 올해 초, 중풍으로 쓰러지신 시어머니를 집으로 모시고 익숙지 않은 손놀림으로 허덕거릴 때 가뜩이나 허약했던 내 위장은 말이 아니었다. 제대로 밥도 못 먹고 지낼 때, 그가 느닷없이 약수 석 통을 가지고 왔다. 경기도 양평 어느 지역에서 떠왔다는데, 그 약수가 위장에 효험이 높으니 꾸준히 마시면 꼭 나을 거라는 신념까지 심어주었다. 그래서 그런가, 내 위장도 매우 편해졌다.

몇 번 얻어 마시다 보니 미안해서 지금은 남편과 내가 약수를 직접 길어 오고 있는데, 약수를 마실 적마다 그의 따뜻한 마음까지도 마시게 된다.

7년 전 동네 문인협회에서 만난 사람이니 그 인연도 꽤 오래되었지만, 그동안 별다른 친분 관계 없이 그럭저럭 보냈는데, 이제는 가족들과 모여 땀 뻘뻘 흘려가며 보양식도 먹게 되었으니 우리의 '돌곶이'는 더욱 가깝고 단단해진 셈이다.

자기가 가진 것을 상대에게 나눠준다는 것. 그것은 이미 물질의 한계를 벗어났기에 그것이 어떤 것이든, 또 그 양이 어떻든 간에 늘 가슴 벅찬 고마움과 사랑을 느끼게 된다. 그러면서 나는 그들에게 무엇을 줄 것인가를 생각해보게 된다.

전공과 상관없이 시를 무척 사랑하는 큰아이의 담임선생님, 아동문학가이지만 수필을 사랑하는 H 선생님께 가끔 드리는 책 외에는 변변한 선물 한번 하지 못했는데, 그들이 평생 간직할 수 있는 어떤 정신적 선물을 마련해야 하지 않을까를 나 역시 오랫동안 생각하고 있다.

살면서 우리가 누구를 만나느냐에 따라 때로는 우리의 걷는 길도 달라지는데, 나는 그들에게 또 다른 문학의 길을 걸을 수 있는 안내자가 되고 싶다. 하늘, 구름, 바람, 들꽃까지도 사랑하는 시인의 길로, 향긋한 삶의 조각들을 산문으로 엮어낼 수 있는 수필가의 길로 그들을 안내하며 오랫동안 그들과 오순도순 살고 싶다.

마치 그들이 어린 시절을 보냈다는 돌곶이 마을의 형상처럼, 검정 돌이 수수팥떡처럼 꿰여 있는 그 모습으로, 이웃과 정을 인연의 꼬치에 꿰어 오랫동안 그들과 정을 나누고 싶다. (2003)

마을 동쪽에 있는 천장산의 한 맥이 검정 돌을 꽂아 놓은,
즉 수수팥떡이 경단을 꼬치에 꿰어 놓은 것같이 형성되었
기 때문에 돌곶이 마을이라 부르게 되었다고 한다. 한자로
는 석관동石串洞이다.

지하철 거꾸로 타다

한국과학기술원이 있는 상월곡역을 지날 때마다 떠올리는 얼굴이 있다. 시집 조카인 그녀는 초등학교 2학년 때 교통사고를 당해 약 6개월간 병원에 있어야 했다. 후유증이 컸으나 잘 참고 견뎌 서울에 있는 대학에도 무난히 합격했다. 자녀를 키워본 사람이라면 공감하겠지만, 서울에만 있으면 '서울대학'이라는 말도 있기에 지방에 살면서도 그만한 대학에 입학했으면 잘한 거라고 친척들이 입을 모아 칭찬했다. 하지만 그녀는 거기에 만족하지 않고 대학교 3학년 때 편입시험으로 명문대로 옮겼고 지금은 한국과학기술원 석사과정을 밟고 있다.

그녀를 생각할 때마다 또 떠오르는 얼굴이 있다. 그는 지방에 있는 명문 고등학교에 다녔기에 친척들의 기대가 컸다. 그는 분명 진짜 '서울대학교'에 들어갈 거로 생각했다. 하지만 그는 우리의 기대에 훨씬 못 미치는 대학교에 들어갔으나 입학 때부터 졸업할 때까지 장학생으로 지내다가 지금은 방위산업체에서 근무하고 있다. 그가 대학 시절 받은 장학금과 군대 문제가 해결된 방위산업체에서 근무하고 있는 것이 그의 가정에 정신적으로나 물질적으로 많은 도움이 되고 있다는 걸 그의 어머니를 통해 간간이 듣고 있다.

내가 임신했을 땐 임산부만 보였고, 내가 초등학교 학부모일 때는 초등학생만 보였는데, 나는 어느새 군인과 입시생만 보인다. 큰아들 친구들은 대부분 군에 가 있지만, 재수로도 모자라 삼수를 해서 올해 입학한 아이들도 있다. 자기가 생각한 대로 명문대학에 입학한 아이보다는 작년 성적과 거의 비슷하게 나오거나 오히려 성적이 떨어진 경우가 더 많다.

어느 대학에 갔느냐에 따라 웃고 우는 아이들을 보며, 나는 시집 조카 두 명을 떠올리곤 한다. 비록 명문대는 아니지만, 입학 후 얼마큼 노력하느냐에 따라 자기의 꿈을 이룰 수 있는데 너무 학교 이름에 급급해하는 게 아닌가 하는 안타까움이 든다. 물론 자녀를 명문대에 보낸 학부모가 볼 때는 '여우의 신포도'라고 할지 모르지만, 사회에서 이 사람 저 사람 만나다 보니 어느 대학을 졸업했느냐가 아니라 얼마큼 성실하게 살고 있느냐에 따라 성공이 좌우된다는 생각을 지울 수 없다.

큰아이도 우리 부부는 물론이고 선생님과 친척들의 기대에 못 미치는 학교에 갔지만, 그 아이 나름대로 자기 학교에 대한 자부심이 대단하다. 입학 후에는 자기가 하고 싶었던 공부라 그런지 장학금을 타기도 하고, 미래에 대한 자신감과 희망으로 얼굴이 밝아졌다. 그런 아들을 바라보고 있으면 자기가 하고 싶은 것들을 맘껏 할 수 있다는 것만큼 행복한 삶이 또 있겠느냐는 생각이 들곤 한다.

인생은 결국 삼각형이라는 생각을 해보곤 한다. 세 변의 길이가 어떠냐에 따라 정삼각형, 이등변삼각형, 직삼각형이 되지만 어떻든 세 변을 거치지 않으면 삼각형을 이룰 수 없다는 것. 그러기에 시간과 방법은 여러 가지로 다르겠지만, 언젠가는 맺혀질 꼭짓점을 향해 달리고 또 달리는 것만이 최선이라는 생각을 하게 된다.

올해, 작은아이가 입시생이다. 친척들과 큰아이를 보고 느낀 것이 있기에 큰 욕심을 부리지 않을 생각이다. 그 대신 영화 '엽기적인 그녀'에 나오는 말을 들려주려고 한다.

'우연이란 노력하는 자에게 운명이 놓아주는 다리이다'

세상에는 노력 없는 우연이란 없으며, 노력하는 사람에겐 하늘도, 삶도 외면하지 않는다는 확신을 심어주고 싶다. 나 역시 아들들에게 부끄럽지 않은 노력하는 생활인이 되어야겠다는 생각에 책을 펴들곤 한다. 각자 처해 있는 위치에 따라 각각 다른 삼각형이지만, 반드시 있는 꼭짓점을 향해 최선을 다하여 달리는 아름다운 얼굴들을 떠올리며. (2004)

상월곡동은 천장산의 형세가 마치 반달과 같다 하여 그 산에 접해 있는 마을을 '다릿굴(골)'이라 부르는 데서 유래 됐다. 이 중 높은 지대에 자리한 지역을 '웃다릿골上月谷里'이 라 불렀는데 1894년 월곡상리로 명명. 이후 1914년 경기도 고양군 상월곡리가 되어 현재에 이른다.

지하철 거꾸로 타다

풀고 맺는 인연의 고리

여름비가 죽죽 내리는 날이었다. 병석에 누워계시는 모임의 선배님을 찾아뵙기 위해 월곡역에서 내렸다. 후텁지근한 데다, 비 비린내까지 맴돌아 조금이라도 빨리 나갈 셈으로 부지런히 걷는데, 출입구 앞에 사람들이 모여 있었다. 더러는 흘끔흘끔 쳐다보며 묘한 웃음을 던지고 가는 이들도 있었다. 무슨 일인가 싶어 가까이 다가가 보니 남녀 두 사람이 거의 껴안듯이 마주 보고 있었다.

'뭐야? 도대체…. 이렇게 벌건 대낮에….'

속으로 혀를 끌끌 차며 그들 앞으로 가보니 얼굴이 벌게진 아가씨와 대학생인 듯한 남학생이 마주 보고 서서 부지런히 손을 놀리고 있었다. 가만 보니 남학생의 배낭 가방 고리에 아가씨의 하얀 망사옷이 걸린 것이다. 뜨개실로 그물처럼 얼기설기 짠 아가씨의 옷이 마치 낚싯바늘에 걸린 물고기처럼 대롱대롱 매달려 있었다. 둘 다 잽싸게 손을 놀리긴 해도 당황해서인가 자꾸 헛손질하고 있었다. 할 수 없이 내가 중간에서 그 매듭을 풀기 시작했다.

'죄송합니다, 죄송합니다.'

남학생은 연신 아가씨에게 사과하건만, 아가씨의 씩씩거리는 숨소리가 어찌나 크게 들리는지 매듭을 풀고 있는 내 손도 죄 없이 떨리고 있었다. 멀리서 보면 두 사람의 청춘남녀가 다투는데 내가 그 싸움에 끼어든 꼴로 비칠 것 같은 생각에 내 오지랖도 꽤 넓다는 후회가 스멀스멀 안개처럼 필 즈음 간신히 그 매듭을 풀었다.

그런데 이게 웬일인가? 비 맞고 있는 달리아처럼 땀을 흘리며 얼굴 빨개진 아가씨가 이번에는 후줄근한 중년 남자에게 질질 끌려가는 게 아닌가?

'어? 어?'

남학생과 나는 동시에 소리를 질렀다. 옆구리에 우산을 끼고 가던 중년 남자의 우산살에 아가씨의 그 망사옷이 또 걸린 것이다.

'아저씨~ 아저씨~'

아가씨의 목소리는 화가 나다 못해 반쯤 울음이 섞였다. 다행히 중년 남자의 우산살에 포로가 된 아가씨는 이번엔 쉽게 풀려났지만, 거의 제정신이 아닌 듯했다.

그 많고 많은 사람 중에 그 아가씨는 남학생과 어떤 인연이 있기에 그렇게 얽혔을까? 또 중년 남자와 그 아가씨와의 전생에는 어떤 인연이 있었을까? 혹 그 아가씨는 평소에 아무한테라도 시집을 가 버릴까 하고 체념하며 살던 노처녀는 아니었을까? 아니면 그 아가씨 어머니가 허구한 날 이런 말을 했던 건 아닐는지….

'저느므 가시내, 남들 다 가는 시집은 왜 못 가노. 아무나 잡아갔으믄 좋겠구만.'

머릿속으로 멋대로 소설을 쓰며 선배님이 사는 골목에 들어서던 나는 갑자기 다리에 힘이 풀렸다. 전철 안의 눅눅하면서도 불쾌한 열기 때문에 벗어서 들고 있던 겉옷이 지금 내 손 안에 없는 것이다. 가방 안에도 없고, 선배에게 드릴 선물 보따리에도 없고…. 어디서 잃어버렸다지? 곰곰 생각해보니 아무래도 아가씨와 남학생의 매듭을 풀 때 땅에 떨어트린 것 같다.

금색 실을 섞어 짠 검정 뜨개질 옷이있는데…. 가볍고 촉감이 좋아 입을 적마다 인어공주의 비늘을 떠올리며 지난 6년 동안 자주 걸쳤던 옷인데, 이를 어쩌나. 지금이라도 전철역으로 달려가 볼까 하다가 점점 더 거세게 내리는 빗줄기에 용기를 잃으며, 선배님 집 초인종을 눌렀다. 남의 잘못 엉킨 인연 풀어내느라 내 옷을 잃어버렸으니 푼수가 따로 없다는 생각을 하며, 주인을 잃어버린 내 뜨개질 옷은 지금 어디에서 누구와 새로운 인연을 맺고 있을까를 생각하는 사이에 대문이 열렸다.

이미 내 손을 떠난 인연에 더는 집착하지 말자며 전철역으로 달려가고 싶은 마음을 비에 흠뻑 젖은 우산과 함께 접었다. 그리고 이미 10여 년 전에 맺어진 인연의 고리를 더 단단히 묶기 위해 현관으로 마중 나온 병약한 선배님을 꼭 껴안았다. (2003)

월
곡

하월곡동에 있는 산의 형세가 반달처럼 생겼다 하여 그 산에 연해 있는 마을을 다릿굴(골) 월곡月谷이라 부른 데서 연유된다.

가지 못한 길이지만

걀걀걀… 짙은 가래 뱉는 소리를 내는 자동차의 액셀을 힘껏 밟았다. 자동차가 간신히 언덕 위로 오른 순간, 앞을 가로막는 검은 물체가 있었다. 앗! 비명과 함께 눈을 떴다. 꿈이었다. 가슴이 철렁 내려앉았다. 빨간색 자동차를 막던 시커먼 폭탄같이 생긴 것이 운동회 때 여러 명이 굴리던 공만큼 컸다고 느끼는 순간 가슴이 조여왔다. 불길한 예감으로 더는 잠을 이룰 수 없었다.

큰아들이 Y대학에 입학하기 위해 보는 최종면접일 새벽에 꾼 꿈이니 벌써 6년 전 일이다. 하지만 지금도 고려대역 앞을 지날 때마다 그 꿈이 생각나고 가슴 한구석이 알싸하니 아파진다.

그날은 큰아들의 스무 번째 생일이기도 했다. 수시로 넣은 입학서류가 통과되었다고 Y대에서 연락 왔을 때, 우리 가족은 기쁨으로 가득 차 있었다. 면접시험이 아들의 생일과 겹친다는 것 또한 우연은 아닌 것 같다며 백화점에 가서 들뜬 마음으로 비싼 양복도 마련해주었다.

그런데 면접을 마치고 나온 아들의 표정이 심상치 않았다. 왜 그러느냐고 물으니 입학서류에 Y대와 K대를 바꿔 쓴 것을 면접교수가 지적했다는 것이다. 어떻게 그런 실수를 할 수 있을까. 자신도 믿기지 않아 교수님 책상에 놓여 있는 서류를 보니 '이런이런 이유로 K대를 지원한다'는 대목에 커다랗게 동그라미가 쳐 있었다는 것이다. 그것도 빨간 색연필로…. 그러니 K대에 제출한 원서에는 '이런이런 이유로 Y대를 지원한다'라고 쓰여 있을 게 분명해졌다.

직장에 다닌답시고 집에 들어오면 곧바로 소파에 누워버렸다. 그러면 내 몸은 땅속으로 쑥 떨어졌다가 곧이어 그네를 타듯 어질어질하고 만사가 다 귀찮아지곤 했었다. 그때 아들이 입학서류를 보여주곤 했다. 혹 서툰 문장은 없는지 틀린 글자는 없는지 봐달라고 했다. 그럴 때마다 건성으로 읽었던 것이 이런 결과를 빚을 줄이야… 물론 아들의 책임도 크겠지만, 어미로서, 그것도 틀린 글자를 잡아내는 직업을 갖고 있던 내가 느껴야 했던 상실감은 상당했다. 나는 뭐 하는 엄마인가….

아들은 결국 Y대도 K대도 아닌 다른 대학에 입학했지만 나름대로 열심히 공부했고, 지금은 어엿한 소위가 되어 군 복무 중이다. 가고자 했던 대학으로 갔으면 더 좋았겠지만, 그렇지 않았을 때 그 자리에서 좌절하지 않고 극복하는 모습이 아름다웠다. ROTC를 하면서도 장학금을 받기까지 아들이 견뎌낸 시간은 그리 만만치 않았을 것이다. 그러나 밤늦게 도서관에서 돌아올 때도 늘 웃는 모습으로 주위 사람 먼저 챙기고 부모 마음을 편하게 해주려고 애쓰는 모습이 역력한 아들을 볼 때마다 내 가슴 속에 환한 기쁨과 행복의 꽃이 무리 지어 피어나곤 했다.

한동안 젊은 연예인들이 목숨을 끊었다는 소식이 들리곤 했다. 말 못할 속사정이야 그 누가 알겠는가만, 이루고자 하는 꿈에 도달하지 못했을 때 밀려오는 좌절감과 허망함이 그들을 죽음으로 몰았다고 말해도 과히 틀리지는 않을 것이다. 자신에 대한 주위의 기대가 크면 클수록 부담감 또한 비례했을 것이다. 그러나 한 발자국 물러나 냉정히 생각해보면 '이 세상에 길은 수도 없이 많다'는 것이다. 처음엔 울퉁불퉁한 길 같아도 조금 걷다 보면 잘 닦여 걷기 쉬운 길도 나올 것이며, 자기가 생각할 때 힘겨운 길도 가만 보면 자기 혼자만 걷는 게 아니라는 걸 깨닫게 될 것이다. 또 심지어는 자기가 지금 걷고 있는 길은 그래도 다른 길에 비해 꽤 괜찮은 길이라는 것을 알게 될 때도 있을 것이다. 어쨌거나 가장 중요한 것은 어떤 길을 걷든 목표를 잃지 않고 최선을 다하다 보면 반드시 목표지점에 다다를 수 있다는 확신으로 자신에게 끊임없는 담금질할 수 있는 용기를 잃지 말아야 한다는 것이다.

그래도 지하철을 타고 고려대역을 지날 때마다 큰아들 생각으로 미안한 마음이 드는 건 어쩔 수 없다. 그러나 아들이 자기에게 펼쳐진 삶을 하나하나 개척해 가며 자기 갈 길을 잘 헤쳐냈듯 나 역시 그의 어미로서 최선을 다해 살아야겠다는 강한 의지력이 꿈틀거림도 사실이다. (2008)

6호선
P640

고
려
대

고려대 부지(생활관 지하)에 역사가 위치하여 고려대역
으로 역명을 정했으며 또한 종암역이라고도 한다. 고려대
뒷산에 종鐘처럼 생긴 커다란 바위가 있는 마을이라 하여 한
자로 종암鐘岩이라고 부른 데서 유래되었다.

지하철 거꾸로 타다

639 안암 화장을 하는 여자는 아름답지 않다

앞좌석에 얼굴이 예쁘게 생긴 아가씨가 앉았다. 달걀형 민얼굴이 깨끗해 보였다. 저 정도라면 색조화장을 하지 않아도 되겠다는 생각이 채 가시기도 전에 그녀가 핸드백에서 꽤 두툼한 화장품 지갑을 꺼냈다.

지갑 속에서 파운데이션을 꺼내어 이마와 턱, 양쪽 뺨에 듬뿍듬뿍 발라 골고루 문지르기 시작했다. 같은 여자인데도 그 모습을 바라본다는 게 민망스러웠지만 야릇하게도 내 눈길은 자꾸 그녀에게 가고 있었다.

파운데이션 화장이 끝나자 이번엔 콤팩트를 여러 번 두들긴 후 커다란 붓으로 눈썹과 입술에 묻은 분가루를 털어내기까지 했다. 내 옆에 앉아 있던 사람들도 무안한지 그녀를 힐끔힐끔 훔쳐보는 눈치가 역력했다. 나는 책을 보던 눈길을 아예 접어버리고 그녀를 차근차근 뜯어보니 민얼굴이 깨끗해 보였던 조금 전 마음은 오간 데 없고 누군가와의 약속 시각에 늦어 집에서 허겁지겁 나온 게으른 여자의 얼굴만이 보였다.

하지만 만약 저 아가씨가 애인하고 만날 시간이 늦은 데다 민얼굴을 보이고 싶지 않다면 어쩔 것인가? 그것도 저렇게 지하철에서 화장하는 것이 오늘 처음이라면 누가 그녀를 탓할 수 있겠는가? (2004)

안암동 3가에 있는 대광아파트 단지 가운데에 장정 20여 명이 앉아 편히 쉴 만한 바위가 있어 그 바위 이름을 '앉을 바위'라 하였으며, 그것을 한자로 안암安岩으로 옮겨 쓴 것에서 유래되었다.

출근길 직장인의 얼굴은 회색빛이다

흰빛을 잃지 않으려고 무진 애를 쓰지만, 어느새 검은빛으로 변하는 직장인들. 그래도 가정에 돌아가 밤새도록 잃었던 빛을 찾아 어느 정도 회복시킨 회색의 흔적들이 보인다. 맑지도 밝지도 않은 얼굴. 그렇다고 어둡기만 하고 절망적이지만은 않은 회색 얼굴. 그래서 출근길에는 빨간색 얼굴이 눈에 띈다.

지하철을 탈 때부터 이미 귀에 핸드폰을 대고 있는 사람들은 대부분 사랑에 빠진 빨간색 얼굴을 가진 사람들이다. 가끔 귀동냥해서 들어보면 그렇고 그런 시시껄렁한 이야기건만 그들은 금방 숨넘어갈 듯 자지러지게 웃는가 하면, 또 금방 시무룩해지기도 한다. 남이 듣든 말든 언성을 높이는 걸 보면, 역시 사랑은 누구 말대로 사람을 장애우(?)로 만드는 게 분명하다. 한 사람의 모습과 목소리 외에는 보이지 않고, 들리지 않게 만드니 말이다. 눈멀고 귀먹게 해도 아랑곳하지 않는 빨간색 사랑. 그래서 채도가 가장 낮은 회색 사이에 낀 빨간색은 튀기 마련이지만, 살면서 내가 사랑의 장애우가 되지 말라는 법은 없잖은가? 그러니 지금 남이야 듣든 말든 사랑을 속삭이고 사랑을 확인하느라 언성을 높이는 저 빨간빛 사랑을 탓할 사람, 그 누구리요. (2004)

6호선
P638

보
문

보문동 3가 168번지에 있는 보문사普門寺의 이름에서 유래되었다. 보문동은 1948년 8월 대통령령 제159호로 동대문구에서 성북구를 분리할 때 신설동의 일부 지역을 편입하여 설치된 것으로 당시 관내에 있는 보문사의 이름을 따서 그 명칭을 제정한 것이다.

637
창신
사랑은 시계를 좁게 한다

전동차를 타다 보면 자기 자리 옆에 떡하니 한 개의 좌석을 차지하여 강아지를 앉히는 사람들이 있다. 강아지에게도 인격 말고 견격犬格이 있다는 듯. 그때 누가 와서 개 치우라고 하면 이렇게 말하곤 한다.

"퍼피야~ 이 아저씨에게 자리 양보해야줘~ 착하줘~ 엄마가 안아줄께 이리 와. 예쁘줘~"

이런 모습을 볼 때마다 내 사랑은 어떤가 잠시 생각에 잠긴다. 나도 내 사랑에 몰두해 혹 다른 이의 눈살을 찌푸리게 한 적은 없었는지….

얼마 전 대학에 다니는 큰아들과 함께 전철을 타고 오는데 청춘남녀가 보기에도 민망할 정도로 꼭 껴안고 있었다. 더욱이 그날은 몇십 년 만의 더위라며 방송에서 아침부터 호들갑을 떨던 날이었다.

"재들 왜 그러니? 덥지도 않나?" 하는 내게 아들이 대답했다.

"내가 하면 로맨스고 남이 하면 스캔들이라잖아요."

아들의 대답에 나는 더 이상 말을 잇지 않았다. 누가 누구를 탓하리요.

(2004

6호선
P637

창
신

창신동은 조선초(태조5년 1396년)부터 있었던 한성부의 5부 52방 가운데 동부의 인창방仁昌坊과 숭신방崇信坊의 글자를 따서 1914년부터 '창신동'이라 하였다.

636 동묘앞 추억을 사고파는 황학동 벼룩시장

황학동 거리엔 없는 것이 없다/ (중략)/ 우리 아비 잘 나가던 그 시절 유성기/ 반의반 값 오디오에 다시 반값 텔레비전/ 반들반들 세탁기에 오징어 쭉 늘리는 기계까지// (중략)

몇 년 전 시청에서 주최한 '청계천'에 대한 입상작만 모아놓은 책에 실려 있는 작품 중 하나다. 오늘 내가 가려고 하는 황학동에 대한 글이어서 그런지 눈에 띄었다. 마치 노래하듯이 벼룩시장 풍경을 읊어놓은 것이 재미있어서 밑줄 그어놓으려고 가방을 열어보니, 명색이 '취재'를 하러 나가면서 수첩과 볼펜을 빼놓고 왔다. 외국에 있는 친구에게 편지를 부치려고 나갔다가 우체통 앞에서 비로소 편지를 갖고 나오지 않았다는 걸 알고 자괴심에 빠졌던 것도 불과 며칠 전이다. 그리고 보니 새 신발을 산 후 버려야 할 헌 신발을 검은 비닐에 싸서 여러 날 냉장고에 보관

했다는 어느 선배의 경험담을 듣고 웃는 내게 '너도 늙어봐라' 했던 그날이 어느새 내 곁에 착 달라붙어 있다는 느낌이다.

그러나 참 다행인 것이 그때그때 '하늘에서 내려온 천사'가 있다는 것이다. 지하철을 타고 가다 보면 이상하게도 내가 필요로 하는 것들을 파는 상인들이 나타나는데 오늘은 볼펜이 껴 있는 수첩이다. 거기에다 얇은 명함첩까지…. 이 모두를 합쳐 단돈 천 원에 모시겠단다. 가방 안에 정리되지 않은 명함들이 떠올라 일거양득이라 생각하고, 잠시 후 만나기로 한 친구를 떠올리며 2천 원을 냈는데, 웬걸? 수첩 한 권에 얇은 명함첩 하나를 준다. 그렇다면 이 모두를 합쳐 천 원이 아니라 각각 천 원이었다는 말씀? 이제는 말귀까지 못 알아듣는 아줌마라고 할까 봐 지하철 상인에게 물어보지도 못하고 재생용지를 사용한 것 같은 방금 산 수첩에 몇 자 끄적이며 자신을 스스로 위로했다. '좋은 수첩 몇 개씩 놔두고 지하철에서 수첩 사다. 조금 부족해도 꼭 필요할 때 내 곁에 있는 것이 최고다.'

삼국지에 나오는 명장 관우의 사당이 있다는 동묘(보물 제142호)앞역에서 내려 영도교를 건너니 손님을 기다리던 황학동 가게 주인들 속에서 친구가 내게 빨리 오라고 손짓을 한다. 벼룩시장이라 해서 좌판을 착 깔아놓고 파는 것으로 생각했던 터라 다소 실망했지만, 어린 시절 청계천을 자주 드나들었다는 친구가 이끄는 대로 가게 뒤편에 있는 골목으로 들어서니 그제야 벼룩시장 같은 느낌이 들었다. 만물박사라는 별명을 가진 친구답게 '벼룩시장'의 어원부터 가르쳐준다. 이 단어는 프랑스어 '마르쇼 퓌스(marchaux-시장, puces-벼룩)에서 왔다고 한다. 벼룩시장 옆에서 벼룩 서커스가 벌어져 붙은 이름이라고도 한다는데 우리나라 속담에 있는 벼룩의 간을 내먹는 게 어려운 건지, 벼룩이 다른 벼룩을 태운 인력거를 끌거나 창을 든 벼룩 소대를 행진시키거나 했다는 프랑스의 벼룩 서커스가 더 어려운 건지 모르겠다 하여 친구랑 낄낄거리며 골목에서 파는 미숫가루 냉차를 벌컥벌컥 마셨다.

여하간 황학동의 벼룩시장에는 없는 거 빼놓고 다 있다는 말이 맞다 할 만큼 별의별 물건들이 쌓여 있었는데, 그중에서도 내 눈길을 오랫동안 끌었던 것은 친정아버지께서 아끼던 파나소닉 녹음기나 아사히펜탁스 사진기 등이었다. 아버지는 일을 열심히 하다가도 어느 날 갑자기 녹음기와 사진기를 챙겨 고향으로 내려가시곤 했는데, 어머니는 그때마다 아버지 가슴에 부는 바람을 잠재우기 위해서라고 하셨다. 하지만 황학동 벼룩시장에는 아버지에 대한 추억만 있는 것은 아니었다.

내가 여고 시절까지 착실히 다녔던 교회에서는 일 년에 두어 차례 야유회가 있었는데, 그때마다 나팔바지를 입은 교회 오빠들은 기타를 둘러메고 야전(야외전축)이라는 걸 들고 갔었다.

평소 음악을 좋아하는 친구는 유성기에 관심이 있는지 얼마냐고 물으

지하철 거꾸로 타다

니 약 350만 원 정도란다. 나는 '헉' 하고 숨을 몰아쉬고 나오는데, 친구는 에디슨 축음기가 정품으로 있느냐, 제니스 단파 라디오는 있느냐며 내가 한 번이 들어본 적 없는 이름을 자꾸 갖다 대는 걸 보니, 아마도 어린 시절을 나보다 훨씬 유복하게 보낸 것 같다. 하지만 우리들의 학창시절 성性 교과서였던 '선데이서울'에 대한 기억은 일치하는지라 벼룩시장 한복판에서 한참 동안 배꼽을 잡고 웃었다. 일주일에 한 번이었던가, 한 달에 한 번이었던가. 폐품 수집하던 날이면 우리는 쉬는 시간마다, 아니 어느 때는 공부시간에도 '선데이서울'을 책상 서랍에 반쯤 넣어놓고 보며 가슴 콩닥이곤 했었다. 그러던 우리도 어느새 반백의 중년이 되었다.

　나이가 든다는 게 꼭 슬픈 것만은 아니다. 가슴에 쌓이는 추억에 따라 젊은이와는 다른 중후한 멋도 낼 수 있으니, 그 추억 하나하나 되짚어보며 사랑했던 사람은 마음속으로 더 깊게 사랑하고, 미워했던 사람이 있었다면 이제는 용서해 줄 일이다. 그리고 현재 내 옆에 머무는 주위 사람들과의 추억을 차곡차곡 쌓아가야 할 것이다. 조금 전 전철 안에서 산수첩에 써놨듯이 '조금 부족해도 꼭 필요할 때 있어 주는 게 최고'니까. 예전보다 낡고 부족한 상태이긴 해도 자기의 진가를 알아주는 새 주인 만나길 기다리는 것들로 가득 찬 벼룩시장을 빠져나와 황학교를 걸었다. 인생의 가을을 향해 가고 있는 친구와 나의 '오늘'도 해그림자를 따라 '어제'의 추억을 향해 천천히 걷고 있었다. (2005)

6호선
P636

동
묘
앞

중국의 고전인 '삼국지'에 나오는 명장 관우의 사당(보물 제142호)으로 정식 명칭은 동관왕묘이다. 임진왜란 때 명나라 장수가 꿈에 관우를 현몽한 후 왜병을 격퇴했다고 하여 명나라 신종이 난亂 후에 비용과 친필로 쓴 현액을 보내와 선조 때(1601년) 창건하였는데 그 후 영조 15년에 중수한 이래 오늘에 이르고 있다.

635 신당 | 가야 할 방향을 정확히 알고

일 년 전만 해도 나는 어디든 초행길을 나서려 하면 가슴부터 떨렸다. 내가 과연 그 길을 잘 찾아갈 수 있을까 하는 걱정 때문인데, 다음 날 중요한 약속이 있기라도 하면 그 전날엔 잠도 오지 않았다. 그건 아마도 30년도 더 된 고등학교 1학년 때의 좋지 않은 추억(요즘 유행하는 개그맨 정준하 버전으로) 때문인지도 모르겠다.

시청 앞에서 소공로 쪽으로 나가야 하는데 도대체 어디로 가야 하는 건지…. 내 깐엔 잘 생각해서 출입구를 찾아 나가면 서소문 쪽으로 가는 길이고, 또 곰곰 생각해서 나가면 을지로 방향이어서 울먹거렸던 기억이 생생하다. 그때는 왜 지나가는 사람들에게 물어보지도 못했는지…. 그런 이유로 인해 나는 자타가 공인하는 '길치'가 되었지만, 지금은 집에서 회사로 오는 지름길만큼은 확실히 안다.

6호선 봉화산역 2번 출구로 내려와 전동차의 맨 꽁무니 칸에 타면 3호선으로 갈아탈 때 편하다. 약수역에서 내리자마자 단숨에 달려와 4-3

앞으로 오면 이제 막 역으로 들어오는 3호선을 놓치지 않을 수 있고, 그렇게 되면 충무로역에서 내리자마자 개찰구로 향하는 계단으로 오를 수 있다.

출근 시간이면 나처럼 이렇게 타는 곳 번호까지 외워뒀다가 1분 1초라도 아끼기 위해 에스컬레이터든 계단이든 가리지 않고 달리는 사람이 부지기수다. 일 년 전 어느 날 작은 아들과 함께 혜화동에 있는 학교에 가는 길이었는데 직장에 갈 때처럼 맨 꽁무니 칸에 타려는 내게 아들은 맨 앞으로 가야 한다고 했다. 신당역에서 내려 2호선으로 갈아타고 또다시 4호선을 타려면 그렇게 해야 한다는 것이다. 그러면서 몇 호선에서 몇 호선으로 갈아타려면 몇 번에서 타야 한다며 다 외울 수 없을 정도의 번호를 불렀는데, 나는 그날까지도 우리가 전동차를 타려고 줄을 서는 안전선 아래 번호가 적혀 있다는 것조차 몰랐다.

처음엔 이런 번호까지 외우는 작은아이가 너무 영악스러워 보이기도 했다. 내가 학교에 다닐 때는 기다리던 버스가 정류장 저만치서 서면 그걸 놓치지 않으려고 뛰는 모습이 어딘지 처량하고 궁상스럽다는 생각에 천천히 걷다가 놓친 적도 있었는데….

하지만 세상 살다 보니 남이 가진 것을 탐내 뺏는 거 아니라면, 내 머리로 외울 수 있으면 외워야 하고, 내 다리로 뛸 수만 있다면 뛰는 것도 나쁜 일은 아니라는 생각을 하게 되었다. 그것이 지극히 사소한 것일지

지하철 거꾸로 타다

라도 그런 것을 외우며 뛸 수 있다는 건 어쩌면 삶의 의욕하고도 비례한다는 생각 때문이다.

그래서 요즘에는 인터넷에서 찾아낸 〈지하철 빨리 갈아타는 방법〉 37가지 정보를 가끔씩 들여다보곤 하는데 글쎄, 솔직히 말해 이렇게 외우고 뛰어서 절약한 시간을 내가 얼마큼 유용하게 쓰는지에 대해선 자신이 없다. 하지만 예전에 비해 내가 가야 할 방향을 정확히 알고 그 길을 향해 부지런히 걷게 된 것만은 사실이고, 또 그만큼 초행길이라도 이제는 그다지 두려워하지 않게 되었다고 하면 이 글을 읽는 이들 중에 얼마큼이나 믿어줄까. (2004)

6호선
P635

신
당

　　신당동은 신당神堂을 모신 동네라는 뜻과 함께 무당들이
받들어 모시는 신령을 모신 집을 말하며, 광희문 밖에 위치
한 이곳은 많은 무당들이 모여 살아 무당촌을 이루어 유래
되었다.

신당에서 청구까지

신당에서 청구까지 오는 데 10년이 걸렸다.

한 해의 계획을 세울 때마다 매번 전철역에 얽힌 이야기를 책으로 펴내는 걸 빠뜨리지 않았다. 그중에서도 내가 주로 이용하는 6호선부터 펴내리라 마음먹었다. 이제 38개 역 중 다섯 역에 대한 추억만 더 쓰면 되는데, 그게 쉽지 않다.

내세울 만한 직업을 가진 것도 아니면서, 그렇다고 전업주부만도 아닌 내게는 수시로 핑곗거리가 생겼다. 그런 핑계라면 충분히 용서받을 만하다고 자신에게 관대했다. 이래서는 안 되겠다 싶어서 모임에 나가서도 내 계획을 밝혔지만, 이제는 타인과의 약속도 슬그머니 어길 정도로 뻔뻔스러워진 자신을 발견하게 되었다. 내가 왜 이럴까? 반성과 다짐을 거듭하면서 올해부턴 아예 모임에 나가서 '이번엔 반드시'라고 약속을 했다.

올해도 몇 개월 남지 않았다. 마음을 다잡고 지난 원고를 보니 신당역

634 청구 | 신당에서 청구까지

65

에 대한 글을 2004년에 발표했다고 적혀 있다. 그러니 신당역에서 청구역까지 한 정거장 오는 데 무려 10년이나 걸린 셈이다. 지난 세월을 돌이켜보면 대학원에 다니며 열심히 시를 썼다. 작년과 올해 두 아들을 결혼시켰고, 마당이 넓은 우리 집엔 한 해에 100여 명의 친인척이 다녀간다. 재작년에 두 번째 동시집을 냈고 몇 년 전부터는 문학의 길을 걷고자 하는 후배들의 손을 잡아주고 있다. 그러고 보면 참 열심히 산 것 같은데 늘 가슴이 답답하다. 꼭 해야 할 무엇인가를 빼놓고 허둥거리고 있다는 생각에 마음이 편치 못하다. 자신과 타인 앞에서 한 약속을 지키지 못한 내가 부끄럽기도 하다.

우선 잊은 듯 지낸 첫사랑에 데이트를 청하자, 수필은 등 돌리지 않고 청구역에 대한 정보부터 검색하라고 자상하게 일러준다.

청구역을 처음에는 '광희문역'이라고 불렀지만 5호선 '광화문역'과 헷갈리는 사람이 많아서 이름을 바꿨다고 한다. 또한 '청구'란 중국에서 우리나라를 가리킨 말이었다고 인터넷은 술술 가르쳐준다.

광희문(1396년, 태조5년)과 광화문(1395년, 태조4년). 모음 하나 차이로 이 둘의 신분(?)은 어마어마하게 벌어진다. 비슷한 시기에 지어졌지만 광희문은 서소문과 함께 시신을 내보내던 수구문이었고 광화문은 경복궁이 건설될 때 정문正門이니 말이다.

어쨌거나 지역주민의 의견을 수렴하여 광희문역은 청구역으로 바뀌었다니, 수필가에서 동시인, 시인으로 이름 바꿔 살다가 요즘에는 수필에 다시 관심을 기울이는 내 삶에 대해 돌아보게 된다.

한때는 시와 동시만을 쓰면서 수필과는 작별해도 된다고 생각했다. 그러나 역시 첫사랑은 잊을 수 없다. 젊은 시절 나를 밤늦도록 잠들지 못하게 했던 수필. 그렇다고 동시와 시를 멀리하고 싶은 마음은 없다. 시를 쓰면서 세상을 보는 눈이 조금은 서늘해졌지만, '다정'을 지병으로 껴안고 사는 나 같은 사람에겐 꼭 필요한 장르라고 보기 때문이다.

수필에서 동시, 시로 장르가 바뀔 때마다 지인들은 축하한다고 했다. 그러나 동시집에 실린 내 약력을 보고 수필가의 이력은 빼는 게 좋을 것 같다고 한 시인이 있었다. 어느 분은 한 장르에서도 성공하기 어려운데 세 가지를 다 한다면 결코 문인으로서 이름을 날릴 수 없을 거라고 은근히 나의 욕심을 흉보기도 했다.

어떤 때는 수필을, 어떤 때는 동시를, 지금은 시를 멀리하고 있다. 그러나 내가 어떤 장르에 대해 멀리하는 것은 내 능력이 부족해서이지 문인으로서 이름값을 얻기 위해서는 아니다. 한때는 나도 받고 싶은 상이 있었다. 그러나 주최 측에서 객관적으로 정해놓은 약속까지도 어기는 걸 보면서 이제는 그 '상'이라는 것에 대한 미련을 버리게 되었다.

나는 수필로 등단할 때 '이름값'이란 제목으로 당선되었고, '세상의 모든 금복이를 위한 기도'가 나를 시인으로 만들었다. 동시인이 되어서는 이름을 두 개나 갖고도 우는 '애기똥풀'에 대해 쓰기도 했다. 많은 시간 동안 내 이름에 대해 생각하며 살았지만 이제는 '이름값'에 대해 급급하지 않으려고 한다. 이렇게 내가 꼭 쓰고 싶은 수필을 쓰면서, 때로는 어린이 마음이 되어 동시를 쓰다가 시를 안 쓰고는 못 견딜 만큼 외로운 날에는 시를 쓰면서 문학하길 잘했다는 자긍심을 느끼고 싶다. 수필가, 동시인, 시인이란 이름을 다 가졌다고 자랑할 것도 아니지만 그렇다고 세 장르에 발을 뻗치고 있다는 부끄러움에 몸을 웅크릴 필요도 없다고 본다.

오늘, 청구역에 대해 쓰면서 수필과의 데이트는 즐거웠다. 오랜만에 만났기에 중언부언 말이 많은 내게 동시나 시처럼 토막 내지 않고, 말좀 아끼라고 강요하지 않아서 고마웠다. 그렇지만 반드시 수필집을 내겠다고 지인들과 약속한 2014년이 4개월밖에 남지 않았다는 걸 잊어서는 안 된다고, 맘은 좋으나 돌려 말할 줄 모르는 고지식한 그 첫사랑이 끝내 나를 살짝 꼬집는다. (2015)

　청구(靑丘 혹은 靑邱)는 삼국시대 이래 사용되었던 지역의 이름이다. 하지만 중국 문헌에서는 이미 삼국시대 이전부터 동방을 가리키는 의미 혹은 동쪽에 있는 나라를 일컬어 부르는 말이다.

위장병에 특효가 있다는 약수를 마셨으나

출근길, 봉화산역에서 6호선을 타고 오다 약수역에 내리면 나는 그때부터 군인이 된다. 6호선에서 3호선으로 연결된 승강장으로 가는 인파를 보노라면 영락없이 전장으로 나가는 군인 같다는 생각이 들기 때문이다. 전동차 문에 코를 갖다 대고 있다가 문이 열리기 무섭게 총알처럼 튕겨 뛰는 사람, 천천히 도는 에스컬레이터의 그 속도를 견디기 어려워 계단으로 뛰는 사람들을 보며, '삶이란 것이 이렇게 치열한 것이구나'를 다시금 깨닫게 된다. 대부분은 나도 그들과 호흡을 맞춰가며 계단을 뛰어오르기도 하고, 에스컬레이터에서도 가만히 서 있지 못하고 부지런히 발걸음을 떼기도 한다. 그러다 아침부터 숨을 헐떡거리는 자신이 못마땅해 일부러 천천히 걸을 때도 있지만, 뒤에서 밀고 뛰어오는 사람들 때문에 그나마도 내 맘대로 못할 때가 더 많다.

천천히 걷는 것조차 내 맘대로 못하는 아침 출근길. 이런 날들이 계속되다 보면 나는 결국 입사할 때 제일 먼저 내세웠던 조건을 들먹이며, 며칠 간은 점심시간이 지난 후 느긋하게 출근길에 오른다. 어찌 보면 내가 하는 일이란 거의 컴퓨터로 하는 일이고, 작가들을 만나는 일이기에 굳이 아침부터 달리고 밀치고 떠밀리며 일분일초를 다툴 필요는 없는 것이다. 그래서 출퇴근을 자유롭게 하는 걸 입사하는 제1조건으로 해놨으니 며칠 동안 아침 출근길 전투병으로 지원했던 것을 거둬들이기만 하면 된다.

점심시간 무렵 6호선은 조용한 셈이다. 늦은 오후 강의가 있는 듯한 대학생들이 대부분이고, 딸이나 며느리 집을 찾아가는 어머니들의 보따리가 눈에 종종 띈다. 간혹 핸드폰으로 고객과의 점심 약속을 다시 한 번 확인하는 샐러리맨의 갈라진 목소리가 전동차 안에 흐르는 고요를 깨트리곤 하지만 그 소리 때문에 내가 보고 있던 원고 교정에 방해를 받지는 않는다. 오히려 이 시각에도 우리의 삶은 여전히 생동감 있고 박진감 있다는 걸 느끼다 보면 어느새 전동차는 약수역에 도착하고 나는 천천히, 천천히, 귀부인처럼 우아하게 에스컬레이터에 올라 오른쪽으로 선다. 지금쯤엔 에스컬레이터의 왼쪽으로 급하게 걷는 사람도 별로 없지만 간혹 있다고 해도 그 소리가 요란하지 않아 좋다. 내 앞에 서 있는 사람의 뒷모습을 바라보며 이 사람은 몇 살쯤 되었을까, 지금 하는 일은 어떤 걸까 등등 여러 가지 추측을 하다 보면 참기름 냄새 솔솔 나는 떡집 앞에 이르게 된다.

몇 달 전부터 에스컬레이터가 끝나는 부분에 떡 뷔페 집이 생겼는데, 보기만 해도 예쁜 떡이 발걸음을 멈추게 한다. 몇 번 사다 주었는데, 떡을 별로 좋아하지 않는다는 여직원들 말이 떠올라 어떻게 할까 망설이다가 A선생님을 떠올리며 꽃처럼 웃고 있는 떡을 사고야 만다. 언젠가 A선생님께서 아침 일찍 떡을 사 갖고 사무실로 오셨는데, 친정아버지처럼 자상하게 느껴졌던 그 모습이 아직도 선명하다. 6호선에서 3호선을 향해 한 손엔 원고 뭉치, 다른 손엔 떡을 들고 또 하나의 에스컬레이터에 오르니 이번에는 밝고 경쾌한 음악이 내 발걸음을 멈추게 한다. 어느 나라 사람들인지는 잘 모르겠으나 팬플루트 비슷하게 생긴 악기와 두들기는 타악기로 보아 남미풍의 음악인 것 같다. 오후에 출근하는 느긋함에서 생긴 여유일까. 떡 봉지를 든 손으로 지갑을 열어 CD 한 장을 샀다. 음악을 좋아하는 우리 집 아이들과 함께 저녁에 들어야겠다고 생각하는 순간 박수소리가 들린다. 어느새 꽤 많은 사람들이 모여 음악을 듣고 있었다.

이제는 떡도 사고 음악도 들었으니 앞만 보고 사무실로 가야겠다며 부지런히 걸었다. 약수역에 걸려 있는 여러 종류의 탈들도 그게 좋겠다며 웃는다. 오늘 나는 약수를 마신 셈이다. 위장병에 특효가 있는 약수가 있었기에 '약수동'이라는 명칭을 가진 약수역에서, 현대인의 조급증과 직장인의 강박관념에서 잠깐 벗어나 떡을 사고 음악을 들으며 천천히 약수를 마신 셈이다.

몇 시간만 늦게 출근해도 이렇게 좋은 걸, 자진해서 아침 출근길 전투병이 되었으니…. 그런데 어쩐다? 출퇴근을 자유롭게 하는 대신 월급도 적게 받기로 했는데, 떡 사고, CD 사고, 늦게 출근했으니 양심상 야근을 하다 보면 우리 집 아이들은 오늘 또 저녁을 외식으로 할 텐데…. (2003)

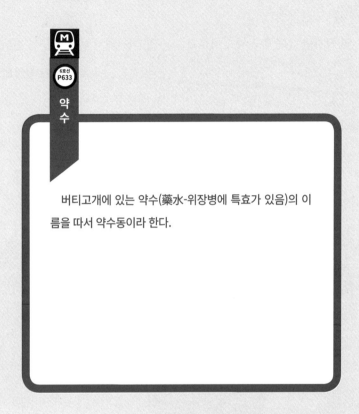

버티고개에 있는 약수(藥水-위장병에 특효가 있음)의 이
름을 따서 약수동이라 한다.

**632
버티고개** 순라군들이 도둑을 쫓았다는

　　　지하철 6호선에는 재미있는 역 이름이 많다. 그중에서도 '버티고개'라는 이름을 볼 때마다 저 뜻은 무엇일까 궁금해하다가, 오늘은 작정하고 버티고개역으로 향했다.

　출근 시간에서 벗어나서인지 전동차 안에는 손님들이 적당히 있었는데 대부분 무엇인가를 읽고 있었다. 그 모습이 보기 좋았다. 성별이나 나이와 상관없이 무엇인가를 읽고 있는 모습에선 여유가 느껴진다. 물론 책보다는 신문을 많이 읽긴 하지만, 그러면 어떠랴. 앞좌석에 앉은 사람을 빤히 쳐다보는 사람보다야 백번 낫지 않은가. 요즘 세상에선 읽을거리가 없다는 건 말이 안 된다. 일명 '지하철 신문'이라고 불리는 무가지無價紙 신문이 하루에 2백만 부나 배포된다고 하니 말이다. 게다가 전철 안에 붙어 있는 광고를 비롯하여 눈만 돌리면 읽을 게 천지에 깔려 있다.

　버티고개역에 내리니, 역명에 대한 유래가 적혀 있는 액자가 눈에 들어왔다.

한남동에서 약수동으로 넘어가는 다산로茶山路 고개를 버티고개라고 하는데 옛날 순라군들이 야경을 돌면서 "번도!"라 하며 도둑을 쫓았으므로 번티番峙라 하다가 변하여 버티고개 또는 한자명으로 부어치扶於峙가 되었다고 한다.

그 액자 바로 옆에는 '사랑의 편지'라는 제목으로 윈스턴 처칠의 이야기가 담겨있는 또 다른 액자가 걸려 있었다. 처칠이 상원의원 선거에서 낙선한 후 상심하고 있다가 벽돌을 쌓고 있는 일꾼을 보며, 인생이란 벽돌 한 장 한 장을 쌓는 마음으로 성심을 다하면 무엇이든 할 수 있다는 용기를 얻어 제2차 세계 대전을 성공으로 이끌었다는 내용이었다.

인부들이 벽돌 쌓는 모습을 과연 처칠만 봤겠는가? 내 마음속에 성공에 대한 결의와 그 결심을 실천하기 위한 노력이 없다면 인부가 집 한 채를 다 짓는 것을 봐도 어림없는 일이라며, 그 액자 앞에서 오랫동안 나 자신에 대해 생각해봤다.

나는 요즈음 많이 지쳐 있다. 한동안 손에서 놨던 공부를 다시 하겠다고 대학원에 입학하여 나이 어린 사람들에게 주눅 들고 내가 과연 해낼 수 있을까 싶어 의기소침해 있는 게 사실이다. 하지만 젊은 그들이 공부만 했을 그 세월에 나는 나대로 해놓은 그 무엇이 있지 않을까? 그들이 따라올 수 없는 내 나이만큼.

'그래, 부딪쳐 해 보는 거야! 노력해서 안 되는 것이 어디 있겠어.' 그

옛날 순라군이 도둑을 쫓던 씩씩함으로 용기없는 마음을 내쫓기로 했다. 처칠이 어느 학교 졸업식에 가서 했다는 'Never give up!'을 맘속으로 외치며 서울 지하철 중 4번째로 길다는(1분 25초) 에스컬레이터를 타고 개찰구로 향했다. 길을 가고자 하는 자에게 늘 열려 있는 개찰구를 향해. (2004)

6호선
P632

버티고개

　한남동에서 약수동으로 넘어가는 다산로茶山路고개를 버티고개라고 하는데 옛날 순라군들이 야경을 돌면서 "번도!"라 하며 도둑을 쫓았으므로 번티番峙라 하다가 변하여 버티고개 또는 한자명으로 부어치扶於峙가 되었다고 한다.

631 한강진 새처럼 바람처럼 서성이는

한강진역 지하 3층에는 말없이 흐르는 강줄기를 따라 새들이 날고 있었다. 대형 모자이크 벽화 앞에서 잠시 한강진역 밖의 번잡함을 잊을 수 있었다.

지금 이 순간, 지하철역 위로는 강남에서 강북으로 향하는 많은 자동차가 한남대교를 건너와 시내 진입을 위해 남산 제1호 터널과 장충동 방향으로 질주하고 있으리라. 또한 강북강변도로와 약수동을 오가는 차들이 신호 대기를 하며 정체현상을 빚고 있을 것이다. 그에 비하면 지하철 안은 너무도 평온했다.

2001년 봄, 한강진역 개통일에 맞춰 썼다는 벽에 걸린 어느 작가의 시를 읽으며, 문인으로서 부러움을 느꼈다. 누구에겐가 자기 작품이 많이 읽히고, 기억에 남는다면 그보다 더한 행복이 어디 있으랴.

한강진 터가 있던 곳에서 유래하였으며 임진왜란 때 제천정濟川亭에서 소서행장小西行長과 싸운 곳이라는 한강진역 안에 있는 벽화와 시 앞에서 사진을 찍다보니 어느 미용실을 광고하기 위해 걸어놓은 커다란 거울 속에 한 여자가 들어 있다. 남들은 한 번 쓱 읽어보면 그만인 걸, 조금 더 생생하게 표현하고자, 먼훗날 오늘날에 대한 기록을 자세히 해놓고자 이렇게 혼자서 전철을 타고 다니며 사진을 찍는 그 여자가 그 거울 속에 담겨 있었다.

'남이 알아주든 말든 자기가 하고 싶은 일을 하는 그대, 행복한 사람이야!' 거울 속의 여자가 눈 한번 찡긋해 주었다. 왼쪽 어깨에는 책 보따리를, 오른쪽 어깨에는 핸드백을 멘 채, 카메라로 여기저기 찍어대던 내가 거울 속에 있는 여자를 따라 웃었다. 불혹이 훨씬 지난 나이건만 단발머리에 청바지를 입은 철없는 여자가 잡힐 듯 잡힐 듯하면서도 잡히지 않는 문학의 끝자락이라도 잡고자 한강진역에서 서성이다가 거울 속에서 또 웃었다. 새처럼, 바람처럼. (2004)

지하철 거꾸로 타다

6호선
P631

한
강
진

한남동과 강남구 신사동을 이어주는 옛 나루로서 일명 한강도漢江渡라고도 하였다. 이곳은 조선시대 초기부터 말기까지 송파진·노량진과 더불어 3진津의 하나로 왕래가 가장 빈번하였다.

외국인과 오랜 관계가 있는

'이태원' 하면 '솔개'라는 가요를 부르는 가수 이태원 씨도 떠오르지만, 용산 쪽에 있는 '이태원'이 먼저 떠오른다. 오래전부터 그 지명을 볼 때마다 왜 그곳이 한국 쇼핑 관광의 명소가 되었으며, 또 언제부터 이태원이라고 불렸는지가 늘 궁금했다.

하여 오늘은 지하철 6호선에 있는 이태원으로 가봐야겠다고 생각하며 컴퓨터로 검색해 보니 다음과 같은 자료가 나왔다.

조선시대 때 역원驛院의 하나였던 이태원. 서울 남산 남쪽에 자리하여 공무 여행자의 숙박 및 편의시설로 활용되었으나 지금은 없어졌다. 조선 초기에는 이태원李泰院이라 표기하였으며, 부녀자들의 빨래터로 이용되었는데, 임진왜란 이후에는 일본으로 돌아가지 못한 일본 사람이 이곳에서 거주했다고 하여 이타인異他人으로도 불렸다. 또 왜군과의 사이에서 생긴 혼혈인들이 거주했다고 하여 이태원異胎院으로도 불렸다.

그러고 보니 이태원이란 곳과 외국인과의 관계는 참으로 오래전부터 였음을 알 수 있었다. 임진왜란 이후 자기 나라로 돌아가지 못한 일본 사람들은 어떤 마음으로 살았을까? 또 왜군과의 사이에서 생긴 혼혈인들이 거주했다니 그들이 받았을 대접은 어떠했을까?

이태원역에 내리니 역시 외국인들이 눈에 많이 띄었다. 하지만 그들과 마주쳐도 슬쩍 눈을 피했는데, 혹시라도 그들이 내게 다가와 길을 물어볼까 봐서였다. 얼마 전에도 어떤 외국인이 다가와 이태원을 가려면 어떻게 가는 거냐고 물었다. 그런데 어찌나 당황했는지 반대 방향으로 가르쳐준 적이 있었는데, 그때부터 외국인만 보면 슬슬 피하곤 한다. 하긴, 당황하지 않아도 영어 한마디 제대로 못하는 건 마찬가지겠지만.

그런 면에서 볼 때 며칠 전에 본 어느 50대 여인은 참으로 용감했다. 그 여인은 외국인이 전철에 오르자마자 'Hi~'부터 시작해서 어디 가냐고까지 물었다. 그 외국인이 뭐라고 말하자 그녀는 몸짓 손짓 다 섞어가며 열심히 설명했다. 눈치로 보아 외국인이 잘 알아듣는 것 같진 않았지만, 물러서지 않고 끝까지 설명하는 그녀의 용기만큼은 대단했다.

국제시대인 요즘으로 보아 그녀 같은 용기가 있어야 할 텐데, 외국어는 고사하고 같은 민족끼리 같은 말을 하면서도 서로 말귀를 못 알아듣겠다고 다투기 일쑤이니 어쩐다?

하여튼 상가 2천여 개가 밀집해 있다는 이태원역에선 끊임없이 외국인들이 보였고, 삼삼오오 짝을 지어 오는 여고생들도 많이 보였다. 그들의 눈에 호기심이 가득하고 미지의 세계에 대한 설렘으로 볼에 홍조를 띠고 있는 듯이 보임은 나만의 선입감일까?

광복 후 하나 둘씩 모여든 사람들이 처음엔 용산의 미군들을 상대로 기념품을 팔던 구멍가게로 시작해 점차 양복점이나 골동품 가게로 바뀌었다는 이태원. 80년대를 전후로 한국을 대표하는 쇼핑타운으로 급성장해 서울에서는 최초로 관광특구로 지정되었다는 이태원이지만, 주한미군 철수 이야기나 한미 관계에 관한 좋지 않은 이야기만 나왔다 하면 얼어붙는 곳이 또한 이태원이기도 하단다. 이왕 사는 거 서로 얼굴 붉히지 않고 살면 좋으련만, 사는 게 어디 그런가?

이태원역 에스컬레이터 옆에 있는 벽화에는 세종대왕이 새겨져 있었다. 훈민정음도 새겨져 있고, 호랑이도 있으니, 외국인들이 많이 오는 이태원역이라는 걸 의식했다는 것을 알 수 있었다.

개찰구에 나가자마자 있는 '만남의 장소'에는 책 몇 권만이 꽂혀 있을 뿐 다른 역에 비교해 볼 때 좀 옹색해 보였다. 하긴 이 바쁜 세상에 누가 전철역 앞에 있는 '만남의 장소'에 앉아 책을 보겠는가만, 단 한 사람이 보더라도 볼품있게 꾸며놓는 것이 좋지 않을까, 라는 생각이 들었다. 세

세한 것에도 신경 쓰는 프로정신이야말로 무한경쟁시대인 이 시대에서 살아남는 방법이 아닐는지….

이왕 온 김에 화장실에도 들러봐야겠다 싶어 가보니 화장실 문에 이런 글이 붙어 있었다.

-성공하는 사람의 일곱 가지 습관-

1. 적극적이 되자.
2. 목표를 확립하고 행동하자.
3. 소중한 것부터 먼저 하자.
4. 상호 이익을 추구하자.
5. 경청한 다음에 이해시키자.
6. 시간을 잘 활용하자.
7. 심신을 단련하자.

-스티븐 코비-

이 글을 디지털카메라로 찍다가 가만 들여다보니, 이런 말은 나도 하겠다 싶었다. 하지만 과연 내가 이 일곱 개 중 몇 개나 내 몸에 착 달라붙어 있는 습관과 살고 있는지 생각해보니 어느 하나와도 손 잡은 게 없다.

현재 내 빈 손은 부끄럽지만 실천할 수 있는 몸이 있다는 건 다행이다.

책상 앞에 앉아서 머리로만 쓰는 수필이 아닌 생동감 있는 수필을 쓰겠다는 목표로 퇴근 후 이태원역까지 찾아온 내게 파이팅을 외치며 씩씩하게, 적극적으로 이야기를 담고 있는 풍경에 셔터를 눌렀다. (2004)

이
태
원

조선시대 때 이태원梨泰院이란 역원驛院이 있었기 때문에 이름이 붙여졌는데 역원으로서의 이태원은 오래 전에 없어지고 그 명칭을 가진 동네가 용산구 동북쪽에 자리잡아 현재의 이태원동이 되었다.

지하철 거꾸로 타다

629 녹사평 찬 우유 같은 아름다운 쫄짜

누군가 내게 녹사평역을 그리라고 한다면 나는 알록달록한 아이스크림이 층층이 쌓인 그림을 그릴 것이다. 그 아이스크림은 속까지 꽉 찬 아이스크림이 아니라 가운데가 텅 빈 도넛 형태의 아이스크림이다.

녹사평역은 돔(dome) 형식으로 된 유리 지붕 덕에 지하 4층까지도 은은한 햇살이 비친다. 그 창호지 같은 가을 햇살 속에서는 과일이 익어가는 단내가 난다. 과일 향 나는 아이스크림을 혀로 핥듯 에스컬레이터를 타고 한 층 한 층 올라오며 벽에 걸린 그림을 들여다보노라면 만나기로 한 사람이 조금 늦게 와도 생긋 웃을 것 같은 기분이 든다. 또 위에서 아래를 내려다보면 가운데가 텅 빈 상태라 이제 막 도착한 연인이 콧등에 땀방울을 매단 채 달려오는 모습이 훤히 보이기에 조금 늦었다고 화를 내거나 나무랄 수는 없을 것 같다.

녹사평역은 그 모양새도 수려하지만 이름에서도 사람들의 호기심을

자극한다. '푸른 풀이 무성한 들판'이라는 뜻으로 붙여진 녹사평綠莎坪에
는 조선 제26대 왕인 고종高宗 때까지만 하더라도 잡초가 무성해 사람들
이 거의 살지 않았다고 한다. 그런 곳에 세워진 녹사평역은 지금 많은 사
람들을 결혼에 대한 푸른 꿈으로 부풀게 하고 있다.

결혼이란 그야말로 '푸른 풀이 무성한 들판'에서 잡초를 걷어내고 무
엇인가를 뿌리고 심은 다음 끊임없이 가꿔야 하는 힘겨운 노동임이 틀림
없다. 쉴 새 없이 뿌리고 심건만 거두어들이는 것은 그다지 눈에 보이지
않는다. 그러다 보니 내가 잘했느니, 네가 못했느니 하며 다툼도 자주 하
게 되고 서로를 원망도 하게 된다. 결혼생활뿐만이 아니다. 결혼해본 사
람들이라면 다 알겠지만, 결혼식을 준비하는 과정도 녹록하지 않다. 불

과 이십여 분 만에 끝나는 결혼식임에도 불구하고 왜 그리 준비과정은 복잡할까. 예식장에서 근무하는 직원에게 들어보니 결혼을 불과 열흘 앞두고 취소하는 사람들도 부지기수라고 한다. 개중에는 사기를 당해서 불가피하게 결혼을 취소하는 사람들도 있지만 대부분은 양가의 의견 차이와 서로의 자존심 싸움이 그 오랜 세월 동안 쌓았던 좋은 감정을 순식간에 무너트린다는 것이다. 그것도 남의 눈을 의식하다 보니 생긴 싸움이라는 데 문제가 있다.

나는 아직 두 아이 다 대학에 보내고 있는 처지이니 입빠른 소리를 할 처지는 못 되지만 행복한 결혼생활을 위해서는 욕심을 줄이는 게 최우선이라는 생각이 든다. 몇십 년 만에 찾아온 불볕더위 속에서 ROTC 훈련을 받고 돌아온 큰아들이 들려준 '미지근한 콜라와 찬 우유'에 대한 이야기를 듣고는 더욱 그런 생각이 깊어졌다. 군대에서 먹는 햄버거를 자기네들끼리는 '군대리아'라고 하는데 그것을 먹을 때마다 잠깐 동안씩 갈등을 겪었다고 했다. 바깥세상(?)에서는 햄버거를 먹을 때마다 당연히 콜라를 마셨는데, 군대 콜라는 미지근하다는 것이다. 반면에 우유는 시원하고…. 미지근해도 그냥 먹던 대로 햄버거에 콜라를 먹을 것인가, 아니면 목이 마르니 시원한 우유를 마실 것인가. 그럴 때마다 아들은 찬 우유에 손이 갔다고 한다. 비록 콜라보다는 우유를 마시는 게 폼은 덜 나겠지만, 그 형식에 얽매여 미지근한 콜라를 마시는 것보다는 찬 우

유를 마시는 게 아들로서는 훨씬 맛있었다는 것이다.

　얼마 전 텔레비전에서 본 '양수리 노부부'의 모습도 행복한 결혼생활에 대해 많은 생각을 하게 해주었다. 고희가 넘었음에도 불구하고 하루도 거르지 않고 양수리 시장 근처에서 뻥튀기 장사를 하는 그 부부에게는 몇 가지 생활규칙이 있었다. 첫차를 타고 나와 그 할머니가 뻥튀기 기계를 설치하는 동안 할아버지는 다방에 가서 모닝커피 두 잔을 시킨다. 한 잔은 본인 것, 한 잔은 다방 마담 것인데 너무 일찍 문을 열게 해서 미안하다는 뜻에서 사는 거란다. 또 한 가지 규칙은 뻥과자를 사는 손님이 만 원을 내면 할아버지 호주머니로 들어가고, 할머니는 하루 종일 천 원짜리만 만진단다. 리포터가 물었다.

　"속상하지 않으세요? 할머니가 바깥에서 뻥튀기 기계 설치하는 동안 할아버지가 커피를 마시고 계시면? 그리고 왜 할머니는 천 원짜리만 만지세요?" 그러자 할머니가 말했다.

"괜찮아. 할아버지는 기술자고, 나는 쫄짜니까. 다방도 기운 있을 때 가는 거니까 그냥 놔두지 뭐."

그 순간 나는 일흔 살쯤 되는 할머니의 미소가 그렇게 아름다울 수 없다고 생각했다. 그 할머니야말로 찬 우유 같은 아름다운 쫄짜였다.

가을이다. 법정 스님은 '가을은 참 이상한 계절'이라고 했다. 조금 차분해진 마음으로 오던 길을 되돌아볼 때, 산다는 게 뭘까 하고 문득 혼자서 중얼거릴 때, 새삼스레 착해지려고 하는 계절이 바로 가을이라고 했다. 우리의 마음에도 엷은 우수가 물들어가는 이 가을, 녹사평 가을 햇살 고운 에스컬레이터를 타고 신랑 신부 입장을 하든, 아니면 일반 예식장에서 몇 분에 한 번씩 찍어내는 제품처럼 후다닥 치르는 예식을 하든, 어떤 결혼식이든 성스럽고 아름답지 않은 것은 없다. 그 결혼식을 치르기까지 겪어낸 모든 과정이 헛되지 않도록 서로가 서로에게 찬 우유가 되고, 아름다운 쫄짜가 되길 바라는 마음 간절한 것은, 나도 어느 새 일주일에 한두 번씩 지인들의 자녀들 결혼식에 참석하는 나이가 되었기 때문인가 보다. (2005)

　조선시대 고종까지만 하더라도 수림과 잡초가 무성하여 인가가 희소하던 곳이라 해서 녹사평綠莎坪이라 불리게 되었다.

중고등학교 다닐 때 리본을 자주 달았다. 가로 2.5센티, 세로 10센티 정도 됐을까? 하얀 헝겊에 이런 표어를 써서 달고 다녔던 기억이 난다. '매월 27일은 쥐 잡는 날', '자나 깨나 불조심, 꺼진 불도 다시 보자' 교복 입은 왼쪽 가슴에는 다는 것도 많았다. 1원짜리 동전만 한 학교 배지에 학년별로 색깔이 다른 네모난 아크릴 명찰, 그리고 이 헝겊 리본을 달마다 바꿔 달고 다녔다. '6월은 호국護國의 달' 6월이 가까워지면서 뜬금없이 떠오르는 이 표어를 읊조리던 어느 날, 나는 기어코 퇴근길에 삼각지역으로 향했다. 이제는 교복 위에 하얀 리본을 매달지 않아도 되건만, 내 가슴속에는 여전히 '6월은 호국의 달'이라고 쓴 표어가 대롱거리고 있었나 보다. '전쟁기념관'이 있다는 12번 출구로 나오니 막대 그래프처럼 생긴 분수가 춤을 추고 있었다. 빨강, 노랑, 파랑, 초록의 불빛 아래 인생의 피에로가 열댓 개의 공을 갖고 높이 던졌다 낮게 던졌다 하는 장면이 연상되어 분수대로 가까이 다가가다 보니 무슨 동상 같은 게 보였다. 호기심이 발동하여 급하게 걸어 가보니 뜻밖에도 가수 배호의 노래비가 있었다.

'삼각지 로타리에 궂은 비는 오는데/ 잃어버린 그 사랑을 아쉬 워하며/ 비에 젖어 한숨짓는 외로운 사나이가/ 서글피 찾아왔다 울고 가는 삼각지'

1971년에 죽은 그의 히트곡인 '돌아가는 삼각지' 가사를 들여다보다 진부한 표현이지만 '인생은 짧고 예술은 길다'라는 격언이 떠올랐다. 배호는 비록 스물아홉 살밖에 못 살았지만 '전쟁기념관'으로 향하는 도로명이 '배호로裵湖路'라니 말이다. 하지만 모르는 일이다. 배호는 하늘나라에서도 나라를 지키다 먼저 간 젊은이들과 함께 이 땅덩어리에 오고 싶어 지금처럼 비가 되어 울고 있는지도…. 국방부 바로 앞에 전쟁기념관이 있었다. 고대로부터 현대까지의 전쟁에 관한 자료를 수집하여 전시해 놓고, 전쟁의 예방과 조국의 평화적 통일을 이룩함을 목적으로 한다는 전쟁기념관은 1994년 6월 10일에 개관되었단다.

이미 오후 6시가 넘어 기념관 안으로 들어갈 수는 없었지만, 옥외 전시장에 있는 전쟁에 사용했던 비행기들은 볼 수 있었다. 전쟁터에서 만난 친구인지, 형제인지는 모르겠으나 부둥켜안고 울고 있는 동상 앞에

지하철 거꾸로 타다

서는 숙연해지기도 했다. '자기 감기가 남의 중병重病보다 무섭다'고 전쟁의 비극은 당해보지 않은 사람은 모를 것이다. 하지만 지난겨울에 영화 '태극기 휘날리며'를 보면서, 전쟁이라는 것이 얼마나 끔찍한 것인가를 느낄 수 있었다. 어제까지도 순박하고 성실하게 살았던 사람이 얼마든지 살기등등한 인간으로 변할 수 있는 것이고, 이념 앞에서는 자기 친동생처럼 여겼던 동네 아이의 가슴에 총부리도 겨눌 수 있는 것이 전쟁인 것이다. 또 요즘 연일 신문에 보도되고 있는 '이라크전'에 대한 이런저런 비극적인 소식을 접하면서 전쟁이란 그 지역에서 실지로 전쟁을 겪는 사람의 목숨만 위협하는 것이 아니라, 그에 관련된 가족과 이웃, 그 소식을 접하게 되는 세계의 많은 사람들에게 정신적 폭격을 가한다는 생각에 두려움을 떨칠 수 없다. 생각지도 않았던 광개토대왕비까지 보고 이런 영광과 국토 보전에 얼마나 많은 이 나라의 젊은이들의 희생과 어버이들의 눈물이 있었겠는가 하고 생각하니 전쟁기념관 앞에서 보초를 서고 있는 전경들이 하나같이 아들로 보인다. 쑥스러워 수고한다고 등 두들겨주지 못하지만 대견함과 측은함이 가득했다. 내 아이도 어느새 커서 나라의 부름을 받을 날이 하루하루 다가오고 있기에 그 마음이 더하지 싶었다.

한강, 이태원, 서울역 방면으로 도로가 나 있어 땅 모양이 세모졌다 하여 이름 붙여진 삼각지. 오늘 삼각지역을 찾아 과거에 있었던 전쟁의 아픔도 되새겨보고, 또 지금 세계 곳곳에서 벌어지고 있는 오늘의 아픔도 떠올려보았다. 그리고 앞으로 다가올 미래에는 전쟁으로 인해 눈물 흘리지 않는 나날이 되길 빌고 있다. '전쟁기념관' 담장에는 찔레꽃과 넝쿨장미가 비를 맞고 있었다. 과거 이 나라를 지키기 위해 먼저 간 젊은이들의 눈물이 하얀 찔레꽃 위로 떨어지고 있었다. 붉은 넝쿨장미 위로 지금 이 순간에도 나라를 지키고 있는 젊은이들의 땀방울이 방울방울 떨어지고 있었다. (2004)

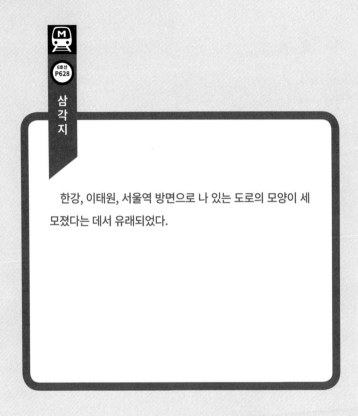

한강, 이태원, 서울역 방면으로 나 있는 도로의 모양이 세 모졌다는 데서 유래되었다.

금메달 선수가

가장 나중
가장 높은 단상으로 오른다

동메달, 온메달 선수보다 더 깊게
고개를 숙인다

가장 잘 익은 곡식이
가장 겸손히 절을 올린다

금메달 선수가

서금복

가장 나중
가장 높은 단상으로 오른다

동메달, 은메달 선수보다 더 깊게
고개를 숙인다

가장 잘 익은 곡식이
가장 겸손히 절을 올린다

가산디지털단지역 스크린도어에 실린 저자의 동시

무궁화꽃이 피었습니다

'네 소원이 무엇이냐고 하나님이 물으시면 첫째도, 둘째도, 그리고 셋째까지도 우리나라 대한의 완전한 자주독립이오'라고 대답하겠다던 백범 김구 선생을 떠올리며 지하철 6호선 효창공원앞역에서 내렸다. 1번 출구로 나와서 금양초등학교 앞을 지나 한 5분쯤 걸으니 효창운동장 담에 핀 무궁화가 반겨주었다. 하지만 효창운동장에 대한 선입견 때문인지 무궁화조차 눈치받는 아이처럼 기운 없어 보였다.

오늘, 수많은 전철역 중에 효창공원앞역을 찾게 된 이유는 백범기념관과 효창공원 안에 있는 애국지사의 묘를 찾아보기 위해서다. 효창공원은 조선 제22대 정조의 큰아들인 문효세자의 무덤이 있던 효창원이었는데, 일제강점기 때 그 묘를 서오릉으로 옮기게 하고 공원으로 만들었다고 한다. 그런 곳에 왜 애국지사들의 묘역이 있을까? 자료에 의하면 김구 선생이 살았던 곳이 효창동이었고 선생은 광복 뒤 그 일대를 독립선열 묘역으로 조성하려는 계획을 갖고 있었다고 한다.

하지만 1959년 이승만 정권이 제2회 아시아 축구대회 유치를 이유로 독립선열 묘역 바로 앞에다 효창운동장을 짓기로 결정했고, 그 이듬해 많은 자연을 희생시킨 끝에 문을 열었다고 한다. 그러다 보니 효창운동장은 독립운동 관련 단체들로부터 끊임없이 미움을 받는 처지가 된 것 같다. 그래서일까, 효창운동장 앞엔 운동기구나 운동복을 파는 곳은 찾아볼 수 없고, 주차해 놓은 공사용 특수차량과 기사식당만이 눈에 띌 뿐이었다. 운동장 안으로 들어가 보니 어느 고등학교 축구팀이 연습하다가 코치에게 꾸중을 듣고 있었다. 관중석에서 내려다봐도 풀 죽은 모습이 효창운동장하고 똑 닮았다.

'창렬문彰烈門'을 통해 들어간 효창공원도 쓸쓸하긴 마찬가지였다. 평일 오후, 게다가 장마철이니 공원을 찾아온 이는 거의 없었다. 비가 와도 운동을 하겠다고 찾아온 중년 아줌마들과 세상시름을 잊는 덴 소주가 최고라는 듯 낮술을 마시는 노인 몇 분이 전부였다. 그래도 효창공원 안에 핀 꽃들은 여전히 예뻤다. 초록비 맞고 함초롬이 피어 있는 노란 원추리와 이름은 알 수 없지만 연보랏빛 꽃무리는 오로지 조국의 독립을 위해 몸 바친 애국선열 같았다. 또 그 가족들의 처연함 같기도 해 한참 동안 눈을 떼지 못했다.

'경향신문'과 '민족문제연구소'가 공동 조사한 결과를 보면 우리나라 독립유공자 후손의 10명 중 6명은 고졸 이하 학력의 무직자로서 가난에 시달리며 살고 있다고 한다. 국가와 민족을 위해 희생한 조상에 대한 긍지와 자부심을 느껴야 함에도 불구하고 그들이 가난과 냉대 속에 시달리는 것은 누구의 잘못일까.

이봉창, 윤봉길, 백정기 등 삼의사三義士와 임시정부 요인인 이동녕, 조성환, 차이석의 묘를 둘러본 후 백범기념관으로 발길을 돌렸다. 오후 5시까지만 입장이 가능한 시간에 맞춰 들어가서인지 그 넓은 기념관에는 내 발자국 소리만 공허하게 울렸다. 김구 선생의 일생과 활동을 잘 정리해 놓은 기념관을 둘러본 후 김구 선생의 묘소로 갔다. 그곳에서 내려다보니 효창운동장 한가운데가 훤하게 보였다.

백범 선생의 영혼은 저 효창운동장을 어떤 마음으로 바라볼까. 그리고 광복을 맞은 지 60년이 다 돼가건만, 요즘도 강대국 사이에서 이리 치이고 저리 치이는 조국을 어떻게 바라볼는지. 개인이든 나라든 진정으로 자주독립하지 못하면 힘센 나무의 그늘에 가려 제대로 펴보지도 못함을 백범 선생은 이미 알고 있었기에 그렇게도 자주독립을 소원하셨을 텐데.

김구 선생의 묘소 앞에서는 누구나 겸손해야 한다. 양쪽에 서 있는 나뭇가지의 끝을 묶어놨기에 그 나무터널을 지나치려면 고개를 숙여야 하니까. 살면서 교만보다 더 위험한 생각은 없다고 느끼며 이봉창 의사의 동상 앞에 가보니 7월의 장마를 이겨낸 무궁화가 승리자처럼 웃고 있었다. 그제야 무궁화를 바라보는 내 얼굴에도 약간의 미소가 피어올랐다. 누구든지 이렇게 가끔씩이라도 이곳을 찾으며 애국지사들의 뜻을 기린다면 그들의 희생이 결코 헛되지 않을 거라는 생각에서였다. 나라를 지키기 위해 몸 바친 조상들의 피가 모여 보랏빛 무궁화가 된 것이 아닌가 싶어 한참을 바라보던 나는 기어코 큰 소리로 외치고 말았다.

"무궁화가 피었습니다."

"무궁화꽃이 피었습니다." (2004)

백범로와 효창공원길의 교차지점에 위치하고 있는 역은
인근에 효창공원(문화재 사적 지정 330호)이 자리잡고 있
으며 공원 내에는 김구 선생 묘, 삼의사 묘(이봉창, 윤봉길,
백정기) 및 임정요인 묘(이동녕, 차이석, 조성환)가 있어 사
적지로 유서가 깃들인 곳이다.

C 선배님께

C선배님! 지하철 6호선을 타고 '공덕역'을 지날 때마다 저는 이 역을 'C 선배님 역'이라고 부른답니다. '큰더기', '큰덕' 등으로 부르다가 당시 음이 비슷한 한자의 '공덕'으로 변했다는 공덕동에서 선배님이 산 지도 30여 년이 되잖아요.

그 동안 잘 계셨지요? 선배님을 만난 지 15년이 돼가는 올해도 다 저물어갑니다. 30대에 만난 우리도 어느 새 확실한 중년이 되었군요.

〈편지마을〉이라는 모임은 우리 둘 모두에게 첫사랑이었지요. 밤잠 설쳐가며 회지를 만들고, 지회를 결성하기 위해 강원도로, 경상도로, 전라도로 전국을 다 돌아다녔지요. 학창시절에 문학소녀들이었던 우리 회원들은 어른이 되어서도 참 맑고 순수했었는데, 이제 많이들 떠나갔어요. 그 당시만 해도 문학을 하는 주부들 모임이 그리 흔치 않았는데, 요즘엔 인터넷도 발달하고, 주부들이 문학공부를 하는 곳도 많다 보니 쉽게 왔다 쉽게 가더군요. 그런데 그동안 모임을 운영하면서 배운 것은 '오는 사람 막지 말고, 가는 사람 잡지 않는다'는 거지요. 사람들은 잘 알더라고요. 자기가 언제 오고 언제 가야 하는지를 말이에요. 그래도 저는 한번 정 준 곳에 발 빼지 않는 미련한 사람이 좋아요. 너무 계산에 밝으면 맘 붙일 곳이 없잖아요. 그렇지 않아도 서로들 바빠 옆 사람 보듬어 줄 여유 없는 이 삭막한 세상에서 맘 붙일 곳 없어 여기 기웃 저기 기웃 하는 그런 사람에게선 외로움의 냄새가 나거든요.

선배님, 몇 년 동안 투병생활도 잘 견뎌내고 이제 건강한 모습 되찾아 참 기쁩답니다. 세상 욕심 없이 사는 선배님의 맑은 얼굴, 내년엔 좀 더 자주 뵙길 기대합니다. (2004)

　　우리말로 좀 높은 곳을 '더기' 또는 '덕', '언덕'으로 호칭하는데 공덕동 일대는 대개 만리현, 아현, 대현 등 고갯마루에서 서남쪽으로 펼쳐 내려간 언덕진 지대이기 때문에 이 지역을 옛날에 우리말로 '큰더기', '큰덕이','큰덕'으로 불려지던 것이 당시 음이 비슷한 한자인 공덕孔德으로 된 것으로 보여진다.

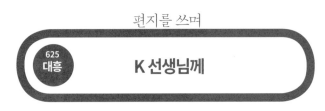

편지를 쓰며

K 선생님께

625
대흥

K선생님, 며칠 전 많이 섭섭하셨죠? 자존심 접어가며 그 아픈 상처 위로 좀 받고자 했는데, 사람은 누구나 나름의 상처를 안고 산다며 매몰차게 밀어냈으니 말입니다.

그래요, 저도 지금 지쳐 있나 봅니다. 병든 시어머니 모시고 살다 보니 남의 아픔을 헤아릴 수 있는 마음의 텃밭에 싸늘한 바람만 붑니다.

하지만 K선생님, 평생 청량한 바람 소리 들리고, 사시사철 흙냄새 나던 어머니 집에서 쫓겨와 유리병 같은 서울 아들 집, 아파트에 갇혀 지내는 어머니를 보자면 찢어진 부챗살 같은 지느러미로 흰머리 탱탱 부딪히는 금붕어가 떠오르는 걸요. 하루하루 말라가는 책갈피 속 나뭇잎을 보는 것 같아 제 맘도 편치 않은 걸 어떻게 합니까?

얼마 전 어느 '노인요양소'를 취재하러 갔더니 그곳에선 병든 노인들이 무리 지어 계시더군요. 거동을 못하는 분들은 자원봉사자들에 의해 움직이고 있었지만, 조금이라도 몸을 움직이는 분들은 무엇이든 하고 계셨어요. 다리는 못 써도 팔을 움직이는 분들은 환자들의 기저귀를 개고 있었고, 아직도 책을 볼 수 있는 분들은 휠체어에 앉아 책을 읽고, 치매에 걸린 할머니들은 통유리창에 들어오는 햇볕에 의지해 나름대로 행복한 모습으로 이야기를 나누고 계셨지요. 그 모습을 보며, '노인요양소'라는 걸 무조건 '포로수용소'처럼 봐서는 안 된다는 생각을 했어요.

이제 우리 나이가 그래서인가, 주변을 둘러보면 노인문제로 갈등을 겪는 사람들이 부지기수더군요. K선생님도 그중 한 분인데, 어쩌지요? 90세를 바라보건만 혼자 계신 아버지를 모셔 줄 사람 없어 시도 때도 없이 맘 아파 쩔쩔매니 말입니다. 내년이면 좀 나아질까요? 노인복지 문제 말이에요. 연말이라 한 해를 마무리하는 편지라도 띄울 참이었는데, 이렇게 우울한 내용만 보내는군요.

전동차가 이제 막 내가 초등학교 때 살던 대흥동을 지나는군요. '동막하리'라 하여 인접한 용강동과 함께 독을 구워 파는 것을 업으로 삼았던 지역이라, '독마을'이라고 불린다죠? 내가 어릴 때는 이런 고민으로 중년을 보낼 줄 몰랐는데…. (2004)

6호선
P625

대
흥

대흥동은 '동막하리'라 하여 인접한 용강동과 함께 독을 구워 파는 것을 업으로 삼았던 지역으로 '독마을'로 불렸다. 일제시대 때 이곳은 경기도 고양군 용강면에 들어가게 되면서 옹막, 옹리라는 지명이 동막리로 변경되기도 했다.

A 선생님께

선생님, 선생님이 아니었으면 광흥창역엔 갈 일이 없었을 거예요. 선생님께서 그곳으로 가신 지 벌써 5년이 되지요?

광흥창 역. 이름도 이상해서 찾아보니 조선시대 경기京畿와 삼남三南 지방에서 거두어들인 세무미稅務米를 쌓아두었다가 관리들의 녹봉을 지급하였던 곳이라고 하더군요. 그 규모는 1년에 쌀 19,000석, 대두 18,000석을 보관할 정도의 대창고가 있었다지요.

선생님 사무실을 처음 찾아가던 날, 선생님께선 역까지 나와 계셨지요. 선생님은 누구에게나 늘 한결같아요. 아버지처럼 자상하고 소박하셔서 선생님 계시는 곳이 아무리 허술해도 낭만적으로 느껴지고, 값싼 음식을 먹어도 어느 음식점에서 먹는 것보다 맛있게 느껴지게 하지요.

평생 어린이들만 위해 글 쓰고 일하며, 후학을 가르치시는 선생님. 일흔을 바라보는 연세지만 키가 크신 데다 허리 꼿꼿하게 펴고 계셔서 누군가 청년(?) 같다고 했더니, '청년은 무슨…' 하며 수줍게 웃던 선생님.

선생님은 글씨 또한 반듯반듯하게 쓰셔서 메모지에 쓴 글씨조차 작품처럼 보이지요.

언젠가 B선생님이 본인이 받은 편지를 전시했는데, 그때 가보니 수십 년 전에 보낸 선생님 편지도 전시되어 있다면서, 그때 글씨를 반듯하게 썼으니 다행이지 만약에 아무렇게나 썼으면 어쩔 뻔했냐고 하셨지요. 그 말씀을 들으며 글씨를 휘갈겨 쓰는 저는 반성을 했지만, 워낙 성격이 급해서인지 잘 안 되네요. 그나저나 올해는 편지도 몇 통 못 썼어요. 이리 뛰고 저리 뛰면서 잘해야 이메일이나 할까, 편지는 못 썼는데, 연말엔 차분히 앉아 진짜편지 좀 써야겠어요.

2000년 새해 아침에 '풀처럼 싱그럽게, 꽃처럼 아름답게'라고 써 보내신 선생님의 편지를 잘 보관하고 있어요. 저도 남들이 제 편지를 오래 보관할 수 있도록 글씨도 예쁘고, 맘도 예쁜 편지를 써야겠어요.

선생님, 날씨가 점점 추워지는데 옷 따뜻하게 입고 다니세요. 겨울에 태어나서 추위를 잘 견딘다고 자랑 마시고요. 아셨죠? 선생님! (2004)

　　조선시대 때 경기와 3남 지방에서 거두어들인 세수미를 쌓아 두었다가 관리들의 녹봉을 지급하던 곳으로 그 규모는 1년에 쌀 19,000석, 대두 18,000석을 보관할 정도의 대규모 창고가 있었다 하여 광흥창이라 하였다.

623 상수 사랑하면 알게 되고, 알면 보이나니

언뜻 들으면 남자 이름 같은 상수. 서강 마을 중에 가장 위쪽에 있다 해서 붙여진 이름이라니 보나마나 상수上水로 쓰일 것이다.

'상수'라는 지명은 중학교 친구 덕에 일찌감치 알고 있었다. 학창시절, 그녀는 글쓰기를 좋아했다. 평소에는 수시로 쪽지편지를 주고받다가 방학 때에는 우표를 붙여 보내는, 그야말로 오리지널 편지를 주고받았는데, 그때 그녀가 살던 곳이 상수동이었다. 벌써 몇십 년이 지난 일이건만, 6호선 노선도의 '상수'를 볼 때마다 내가 그녀를 떠올리고 있다는 걸 요즘 연락이 뚝 끊긴 그녀는 꿈에도 모를 것이다.

나는 편지 쓰는 걸 좋아하는 편이다. 최근 몇 년간은 오리지널 편지보다는 이메일을 더 많이 썼지만 그래도 군대에 가 있는 아들들에게 혹은 부모님이나 친구들에게는 더러더러 편지를 쓴다. 거실에 펴놓은 교자상에 앉아 커피 한 잔 마시며 쓰면 더없이 바랄 게 없지만, 집에서는 좀처럼 나만의 시간을 내기 어렵다. 집 안이 어지럽게 늘어져 있으면 글이 안

써지는, 평소 게으른 나와는 이율배반적인 습관 때문인데, 문제는 워낙 늘어놓은 게 많아서 한번 치우고 나면 편지지를 찾을 힘이 없다는 거다. 그래서 결국 편지는 전동차 안에서 쓰는 경우가 많다.

전동차 안에서는 나만의 시간에 몰두하기가 좋다. 집에서 시내로 나가려면 적어도 이삼십 분이 걸리니 웬만한 편지 한 통쯤은 마무리짓게 된다. 또 전동차의 경미한 흔들림도 머리 회전을 빠르게 해주는 것 같아 가물가물했던 단어나 감성을 그때그때 일깨워준다. 물론 이건 과학적 근거가 전혀 없는 100% 내 주관적인 생각이긴 하지만, 함께 뒤섞여 있던 콩과 돌을 커다란 쟁반에 놓고 흔들면 콩 따로 돌 따로 구별되는 것처럼 여러 생각으로 뒤엉켜 있던 내 머릿속이 전동차를 타고 가다 보면 어느 정도 정리가 되는 걸 느낀다.

여하간 나는 전동차를 타고 가면서 편지를 쓰고, 원고를 교정하고, 수첩에 스케줄을 적기도 하는데, 가끔씩은 전동차 안이 움직이는 내 사무실 같다는 생각을 하곤 한다.

그런데 이것도 우리 집이 6호선 종점 봉화산역 근처에 있으니 앉아서 갈 때 가능한 일이지, 시내에서 집으로 돌아올 때는 앉아 오는 적이 거의 없다. 그럴 때에는 전동차 문 위에 붙어 있는 지하철 노선도를 올려다본다.

어느 광고에서는 전동차 안에서 텔레비전도 보고 인터넷도 할 수 있는데, 노선도만 멀뚱멀뚱 보고 가는 사람을 1분 1초를 위해 달려야 하는 현대에서는 형편없이 뒤지는 사람으로 표현했지만, 역마다 떠오르는 추억과 얼굴을 그리며 가는 것이 나로선 참 재미있는 일이다. 그러면서 그 추억과 그 얼굴을 향해 마음속으로 편지를 쓰곤 한다. 마음속으로 쓴 편지 중 본인에게 직접 보낼 수 있는 건 며칠 후라도, 혹은 몇 달 후라도 우표옷 입고 그에게 보내지고, 보낼 수 없는 추억의 주인공들에겐 시나 수필, 혹은 동시로 표현되니 지하철 노선도를 보는 시간은 내게 글을 쓸 수 있도록 밑간을 해주는 셈이다.

올해는 200명에게 편지를 쓰리라 다짐했다. 어느 날 방송에서 듣게 되었는데 사람의 머릿속에는 자기를 중심으로 타인을 앉힐 수 있는 의자가 200개 정도 있다고 했다. 그 말을 듣는 순간 나의 목표는 순진하게도 금방 정해졌다. 1월 초순에 있는 결혼기념일에 가족들에게 편지 쓰는 걸 시작으로 2월 초순인 오늘까지 17통을 썼으니, 이대로라면 목표량인 200통에는 무난히 도달할 거라고 믿는다.

가장 저렴하게, 가장 사랑스럽게, 가장 오랫동안 타인의 가슴에 파고드는 사랑을 전할 수 있는 방법을 이미 알고 있으면서도 실천에 옮기지 못했던 것이 지난 몇 년 간의 삶이었다. 올해는 타인을 향해 좀 더 너그러운 마음으로 한 사람 한 사람 소중하게 모시며 그들을 향해 가장 사랑스런 마음으로 편지를 쓰고 싶다.

지하철 거꾸로 타다

요즘 한창 인기 중인 '우리 결혼했어요'라는 프로그램에 나오는 슈퍼 주니어 강인과 탤런트 이윤지가 보금자리를 차린 곳도 '상수동'이라고 언뜻 들은 것 같다.

'사랑하면 알게 되고, 알면 보이나니, 그때 보이는 것은 전과 같지 않으리라.' 정조시대 문장가 유한준이 그랬다던가. 상수역에 대한 글을 쓰고자 귀와 눈을 열어놨기에 텔레비전에서 단 한번 슬쩍 지나가는 '상수동'이란 단어도 들렸을 거라 생각하니, 타인과 어우러지는 오늘의 삶을 더욱 사랑하기 위해선 지금보다 더 눈과 귀를 활짝 열어 두어야겠다는 생각이 든다. (2009)

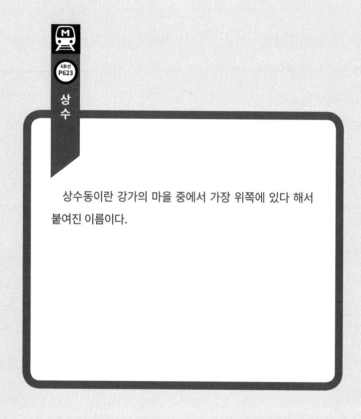

상수동이란 강가의 마을 중에서 가장 위쪽에 있다 해서 붙여진 이름이다.

지하철 거꾸로 타다

피는 물보다 진하다

합정동은 조개우물로 불리는 우물이 있다 하여 합정蛤井이라 하다가 후에 합정合井으로 불리게 되었다고 한다.

나는 지금 합정역으로 향하고 있다. 연말이라고 남편의 입사 동기 부부모임이 있어서다. 큰동생이 한때 합정역 근처에서 살았다는 말을 듣긴 했으나 동생 집에 가기 위해 합정역에 온 적은 한 번도 없다. 어찌 보면 남매지간이 타인보다 더 멀다는 생각이 든다. 잘해야 명절이나 부모님 생신 때 잠깐 볼까. 그런 면에서 보면 시댁 식구들의 형제애는 남다르다는 생각이 든다. 사는 곳도 비슷비슷한 거리의 경기도에 모여 살기도 하지만, 시댁 6남매는 거리와 상관없이 자주 모인다. 6남매 중 누군가의 생일이라고, 조카 결혼이라고, 조카의 아기 돌이라고⋯. 그런 것 외에도 6남매의 사돈댁이나 4촌, 8촌까지도 무슨 일이 있다 하면 6남매는 모인다. 그러니 그들은 명절까지 합치면 한 달에 평균 두 번 정도는 만나는 셈이다. 2남 4녀. 여자가 많은 집은 화목하다는 말이 영 틀린 말은 아닌가 보다.

남동생만 셋 있는 나는 동생들을 생각하면 가슴이 아프다. 법 없이도 살 만큼 착한 동생들이 왜 그런지 일이 안 풀리고 모두 어렵게 산다. 안 쓰러우면서도 구체적으로 어떤 도움도 주지 못하는 게 늘 미안하다. 하지만 어느새 조카들이 성장해서 해군 장교로, 대기업 인턴으로 제 몫을 하고 있으니 생활이 점점 나아지리라 믿는다. 그런 데다 우리 친정식구는 낙천적인 면도 많으니까.

어릴 때부터 우리는 이야기하는 걸 좋아했다. 새벽에 눈을 뜨면 안방에선 아버지와 어머니가 두런두런 이야기하고 계셨고, 우리 4남매도 입을 꼭 다물고 사는 애들은 없었다. 밥을 먹으면서도, 텔레비전을 보면서도 늘 가족과 함께 이야기를 나누었고, 무슨 때가 되면 아버지가 노래를 부르게 했는데 잘 부르든 못 부르든 그 노래를 신식 녹음기에 담아주시곤 했다. 지금도 자주 만나진 못해도 만나기만 하면 끊임없이 이야기하고 노래를 부른다. 최근 몇 년 동안은 여름에 한 번, 우리 집에 모여서 노래를 부르는데 20여 년간 중풍으로 고생하시는 아버지도 이날만큼은 목청껏 노래를 부르신다. 둘째 동생이 어눌한 아버지의 노래에 색소폰으로 반주를 하고 남편은 드럼을 친다. 아버지를 간호하느라 얼마 전 무릎 수술까지 받은 어머니도 아버지의 휠체어에 앉아 '고장 난 벽시계'를 부르신다.

열심히 살아도 하늘이 도와주지 않아 잘살지 못하는 동생들이지만, 수시로 아버지를 목욕시키기 위해 직장 끝나고 달려오는 큰동생, 부모님이 듣고 싶어하는 색소폰 연주를 위해 땀을 뻘뻘 흘리는 둘째 동생, 병든 부모님을 모시고 사느라 갑자기 늙어버린 것 같은 막냇동생. 크게 도와주진 못해도 동생들보다 조금 더 부모님께 경제적 지원을 하는 나는 그래서 희망을 잃지 않는다.

같은 우물에서 태어나, 같은 물을 먹고 자랐는데 사는 방법은 너무나 차이가 있다. 부부지간이라도 그 아픔을 남편에게 표시 내지 않으려고 동생이 또 이사했다는 말을 들어도 모른 척하곤 했다. 그러나 내 마음 한 구석에 자리잡고 있는 형제애를 어떻게 외면할 수 있을까. 때로는 기대가 크기에 가족이 남들보다 못할 때도 있다고 하지만, 그래서 더 서운하고 야속할 때도 있지만, 그래도 피는 물보다 진하다고 하지 않던가. 속담이나 격언 중에 틀린 말이 별로 없으니 부모에게 잘하고 착하게 사느라 애쓰는 동생들이 지금은 어렵지만, 고생한 만큼 그들 역시 자식 덕을 보며 웃을 날이 있겠지 하는 마음으로 합정역에서 내린다. 큰동생이 살았던 곳이라지만 한 번도 와본 적 없던 합정역. 남편의 모임에 부부동반으로 모이기로 해서 합정역까지 오긴 했지만, 개찰구를 향해 걸을 땐 아무래도 가슴 한 편이 자꾸만 알싸해진다. (2014)

합정동은 옛날 양화나루 근처의 마을로 그 일대를 보통 양화라고 호칭하였고, 조개우물로 불리어지는 우물이 있다 하여 합정蛤井이라 하다가 후에 합정合井으로 불리게 되었다.

내게 '생일파티'가 있다는 걸 가르쳐 준 친구는 복희다. 복희는 고등학교 2학년 때 짝꿍이었는데 나는 아직도 우리의 출석번호를 외운다. 39번 서금복, 40번 김복희. 나는 우리를 서金福희라고 부른다.

복희는 나와 가정 형편이 많이 달랐다. 어느 날 자기 생일이라고 집에 오라고 해서 갔더니, 나 외에도 친구가 여럿 와 있었다. 그중 빈손으로 온 사람은 나밖에 없었다. 친구들은 인형이나 학용품 등을 들고 왔다. 나는 그때까지도 생일파티가 있다는 것조차 몰랐고, 초대를 받으면 선물을 갖고 가야 한다는 것도 몰랐다. 그래도 복희는 나를 반갑게 맞아주었다. 나는 그녀 집에 가서 처음으로 대리석 식탁을 보았고, 갈비찜도 처음 먹어 보았다. 선물 하나 들고 가지 못한 부끄러움에 그 생일파티가 즐겁다는 생각은 안했지만, 그녀의 이층집이 있던 망원동은 지금도 내 머릿속에 처음 본 부잣집이 있던 동네로 각인되어 있다.

부잣집 딸치고는 복희는 수수한 모습으로 다녔다. 물론 우리는 교복

시대라 그 옷이 그 옷이었지만 보조가방이라든가 학용품에서 부티를 내는 친구들도 있었는데 나는 그녀가 나하고는 차원이 다른 부잣집 딸이라는 생각은 한 번도 해보지 않았다. 그녀의 생일잔치에 다녀온 후 며칠 지나지 않아 내 생일이었는데, 그녀는 종로서적에서 시 내용에 맞춰 천연색 사진이 실린 『세계명시』를 사주었다. 나는 그때 비로소 그녀가 나와는 다른 부잣집 딸이라는 걸 실감하게 되었다. 나는 그때까지도 참고서 외에 문학서적을 사기 위해 종로에 있는 대형서점에 가본 적이 없었기 때문이다.

컬러사진이 있다는 것도 복희 덕에 알게 되었다. 고2 겨울방학을 맞던 날 그녀는 나를 한강대교로 데리고 가서 사진을 찍어주었다. 해가 서서히 지기 시작할 무렵이었는데, 그녀는 자동카메라를 카메라 다리에 얹어놓고 '손을 잡자' '고개를 숙이자'며 연출까지 맡았다. 지금도 내 앨범엔 그때, 밀레의 '만종'처럼 둘이서 손을 잡고 기도하듯이 고개 숙이고 있는 사진이 있는데 의상은 역시 학교에서 지정한 회색빛 코트다. 복희나 나나 학교에서 지키라고 하는 건 그 어떤 것도 어기지 않는 모범생이었다.

고등학교를 졸업한 후 복희와의 관계는 끊어졌고, 어떻게 알았을까. 내가 결혼해서 시부모님 모시고 첫애를 기르고 있을 때, 복희가 자신의 결혼사진 한 장과 함께 편지를 보내왔다. 고등학교 선생님을 하면서 최근에 결혼했다고…. 그런데 나는 그 편지에 답장을 했던가, 안했던가. 지금도 가물가물한데 복희와의 관계는 그러고도 몇 년 후 복희의 노력으로 인해 다시 이어졌다.

작가가 된 나를 인터넷으로 찾았고, 출판사에 연락해서 내 메일로 복희가 편지를 보냈다. (후에 알고 보니 자신의 결혼사진과 편지를 보낼 때도 내 글이 실린 잡지사를 통해 주소를 알았다고 한다.)

복희의 남편은 대학 교수라고 했다. 대충 들어도 시댁의 가문이 뻑적지근했다. 그러나 복희는 그 가문에 대해 결코 자랑하지 않고 롯데월드가 보이는 호수의 벤치에 앉아서 시종일관 종교에 관한 이야기만 했다. 스무 살이 안 될 때 헤어져 어느새 50을 바라보는 나이에 만난 친구의 옆모습을 바라보며 '나도 얘만큼 늙어 보이겠지.' 하는 생각으로 그녀의 이야기를 반만 들었던 기억도 난다. 나는 이미 그녀보다 한 가지 더 다른 종교에 심취해 있었다. 문학이라는 종교.

나를 불러내는 건 언제나 복희였다. 가을 단풍이 곱다고 덕수궁으로 나오라고 해서 사진 찍어준 사람도 복희고, 신앙 간증집을 발간하려고 한다며 의논차 만나자고 한 사람도 복희다. 대충대충 책을 엮어 내는 나와는 달리 복희는 굉장히 꼼꼼하고 치밀해서 그녀가 책을 낼 때 나는 의논해주는 것만으로도 힘이 벅찼다. 하지만 그녀만큼 그녀의 남편 역시 꼼꼼해서 그녀의 신앙 간증집은 펴낸 후 많은 이들에게 칭찬받았고 출판기념회도 성대했다.

나는 작가라는 명칭을 달고도 제대로 된 출판기념회를 해 본 적이 없는데, 그녀의 출판기념회는 축제 분위기였다. 그녀가 다니는 교회에서 열린 출판감사예배에는 초대손님도 많았고(특히 시댁식구와 친정식구들이 대부분 참석했다), 축사를 하는 분들도 많았고, 꽃다발도 많았고, 영상화면으로 감사드리는 사람도 많았다. 그 감사드리는 사람 중에 내 이름도 들어 있었다. 그래서였을까. 나는 그녀의 출판기념회가 끝날 때까지 많이 울었다. 책을 펴내기 위해 밤늦도록 책상 앞에 앉아 있는 그녀에게 '김복희 작가님, 너무 무리하지 마세요.'라고 했다는 그녀의 남편 이야기를 하며 그녀가 울먹거렸을 때부터 울기 시작했던 것 같다. 나는 그때 제2 동시집을 펴내고 싶다고 남편에게 말했다가 '하필 큰아들 결혼을 앞두고 꼭 그래야 하겠냐'라는 말을 듣고 책을 펴내야 하나 마나로 갈등하고 있을 때였다. 그러나 참 신기하게도 그녀의 출판기념회에서 울고 난 후부터는 동시집 펴내는 게 술술 풀렸다. 동시집의 삽화를 동네 어린이들에게 그리게 해서 발간비를 줄여야겠다는 아이디어부터 시작해서, 적지만 동네문학상 수상금도 보태졌고, 무엇보다 남편과 아들들이 마음과 금전적으로 지원을 아끼지 않았다. 복희는 그 이야기를 듣고 모든 게 함께하시는 하나님의 힘이라고 했는데, 나 역시 그 말을 믿는다.

요즘 그녀는 경영학 석사인 자기의 전공을 살려 직장에 다니면서도

신앙생활을 게을리하지 않는다. 자기가 잘하는 사진촬영도 열심히 한다. 매사에 적극적이면서도 타인에 대한 배려와 따뜻함을 잃지 않는 내 친구, 복희가 있다는 게 고맙다. 나보다 가진 것이 많지만 절대로 표시내지 않으면서 내 가진 걸 칭찬해주고 인정해주는 복희가 요즘에는 자기의 간증서적을 영어로 번역해 출판할 계획이라고 해서 그저 잘 되기만을 빌 뿐이다. 한 가지 걱정되는 건 우리 나이도 50대 후반으로 접어들었는데, 지금부터는 신학공부를 하겠다고 하니 자기 언니들처럼 뜯어말리지도 못하고, 박수도 치지 못하면서 나는 그저 그녀가 너무 종교에 빠져 건강을 잃지 않기를 바랄 뿐이다. 이명에 시달리면서도 글을 쓰고 강의하는 내가 건강을 잃을까봐 그녀가 나를 걱정하듯이. (2014)

망원동은 효령대군이 지은 정자로 명나라 사신들을 접대하던 연회장이었으며, 성종15년(1484년) 월산대군이 이름 지은 한강변의 명소 망원정이 있었던 데서 유래되었다.

내가 살던 고향은

620 마포구청

작가의 약력을 쓸 때 꼭 이렇게 써야 한다는 법은 없지만, 대부분 출생 연도와 출생지를 맨 윗줄에 올려놓는 경우가 많다. 그때마다 나는 '1959년 서울 출생'이라고 쓴다.

나는 서울시 마포구 아현동에서 태어났다고 한다. 내가 본 적은 없지만, 조금 전에도 친정어머니께 전화로 확인했고 또 내가 '아현초등학교' (1996년 초등학교라는 명칭을 초등학교로 바꿈)에 입학했던 1965년 초봄은 똑똑하게 기억하고 있으니 나의 출생지는 서울시 마포구가 분명할 것이다.

지하철 수필을 쓰기 시작한 지 10년. 올해는 꼭 수필집을 내리라 마음먹고 요 며칠 집중해서 글을 쓰고 있다. 지하철 수필을 쓰면서 좋은 것은 지명에 대한 유래를 알게 되는 것이다. 구청마다 홈페이지가 있어서 그곳에 들어가면 그 고장 이름에 대한 유래가 나온다.

서울의 중서부 한강 연안에 위치한 마포 지역은 안산에서 갈라진 와우산 구릉산맥과 노고산 구릉산맥, 용산 구릉산맥이 한강으로 뻗어 세 산맥 연안에 호수처럼 발달한 서호, 마호, 용호가 있었는데, 이 3호를 삼개三浦(3개의 포구)라고 불렀고 이 삼개 중 지금의 마포는 마포강, 마포항 등으로 불려 마포라는 명칭이 여기서 유래되었다.

그러니까 마호에서 마포로 불리게 된 것인데 그렇다면 왜 많은 한자 '마' 자 중에 삼 '麻' 자가 들어가게 되었을까. 만약에 말 '馬' 자를 썼다면, 마호의 모습이 말을 닮아서 그런가 보다라고 추측이라도 할 수 있을 텐데. 그건 그렇다 치더라도 그렇다면 '삼개'는 무슨 뜻일까. 검색은 검색의 꼬리를 물고 이어진다.

삼개의 연안선 총길이는 3.6km이며 연속된 개는 지형적으로 각각 홀 모양같이 휘어진 아늑한 서호, 마호, 용호 세 포구를 이루고 있다. 따라서 국초부터 3개라고 불렀으나 한자로 지명을 표기하기 위하여 삼개와는 아무런 관계도 없는 삼 마(麻)자를 따서 3개를 마포라고 쓰게 되어서, 마포라는 한자식 지명이 생기게 된 것이다.

아하, 그렇구나. '마포'라는 지명의 유래 하나를 찾는 데도 이렇게 재미있는 일들이 벌어진다. 그러니까 서호, 마호, 용호를 삼개(3개)라 했고, 삼개의 '삼'을 석 '三'이 아닌 전혀 뜻과는 상관없는 발음상의 〈삼〉을 삼베의 마麻로 고쳤다는 말인가. 포구와는 상관없는 삼베의 〈마〉로? 참, 허무하기도 하다. 우리의 지명이 이런 식으로 결정되었다면…. 섭섭한 마음을 안고 삼개의 '개'는 어떤 뜻에서 항구 '포浦'로 변했을까 추측해본다.

다시 사전에서 '개'를 찾아보는데, 무려 열 개의 '개'가 나온다.

① 멍멍이 '개'

② '궤2(櫃)'의 방언(경남)의 '개'

③ 개떡의 접두사 '개'

④ 윷판의 '개'

⑤ 오줌싸개의 접미사 '개'

⑥ 단위의 '개'

⑦ 음식그릇의 뚜껑인 '개'가 있는가 하면 '의장儀仗의 하나로 사絲로 만들었으며 양산모양을 하고 있다. 빛깔에 따라 청개靑蓋, 홍개紅蓋, 황개黃蓋, 흑개黑蓋 등이 있다'의 '개' 도 있다. 참 많기도 하다. 그러나 위에 나오는 '삼개'의 '개'라고는 보기 어려우니 인

내심을 갖고 검색을 계속한다.

⑧ 강이나 하천에 바닷물이 드나드는 곳의 '개'. 어? 조금 비슷해지
려고 하는 것 같다.

⑨ 우리나라 성姓의 하나. 주요 본관은 여주驪州가 현존한다. 이건
분명 아니고,

⑩ '개울'의 방언(강원, 경기)의 '개'

⑪ '기와'의 방언(함북)의 '개'

⑫ 가루의 알갱이. 평북지방 방언의 '개'.

　

여기까지 검색해 봐도 잘 모르겠다. 과연 3개의 '개'는 어떤 뜻으로 쓰
였을까. 아무래도 ⑧번 쪽으로 눈이 자꾸 가긴 하지만 나로선 이렇다 저
렇다 말할 수 없는 처지이다. 하지만 한자 〈포〉의 뜻을 찾으면 바로 〈개
〉의 뜻이 나온다. - 강이나 내에 조수가 드나드는 곳, 물가. 바닷가. 지류
가 강이나 바다로 들어가는 곳.

이 정도 되면 우리나라 말 '삼개'가 한자의 〈마포〉로 변한 과정을 알
것 같다. '삼'은 삼베 〈마〉로 변했고, '개'는 강이나 내에 조수가 드나드는
〈포〉로 변했다는 것.

알고 나니 허무하다. 하지만 이 기회에 열두 개의 낱말 뜻을 알게 되었
다는 기쁨으로 석연치 않지만 '삼개'와 '3개', '麻浦'에 대한 미련은 여기

서 접기로 했다. 그래도 이렇게 한글식을 한자식으로 억지 지명을 지은 것이 한두 군데일까 싶어 씁쓸한 생각이 드는 것은 어쩔 수 없다.

내가 태어난 고향, 서울 하고도 마포구, 마포구에서도 아현동까지 써 놓고 긴 글을 썼다. 글 쓰기 시작할 때에는 전혀 예상치 않던 글이었다. 그런데 여기까지 써놓고 끝을 맺으면 내가 '아현국민학교'를 졸업한 것 으로 된다. 물론 내가 어떤 초등학교를 졸업했든 이 글을 읽는 독자들은 궁금해하지 않을 것이다. 그러나 한서초등학교 동창들만큼은 앞 부분을 읽고 촉각을 곤두세웠을 것이다. '어? 아현국민학교로 입학했다고? 그러 면 우리 학교 졸업생 아녔어? 졸업 앨범 한 번 찾아봐야 하는 거 아녀?' 그래서 같은 마포구에 있는 '한서초등학교' 25시 친구들에 대한 글은 독 바위역으로 미룬다. (2014)

마포는 우리말 '삼개'로 불리는 포구 이름 마포麻浦에서 유래한 것으로 역사 인근에 마포구청이 위치하고 있어 마포구청역이라 명명한다.

이름만 들어도 가슴이 뛰는

친정어머니와 모처럼 영화를 봤다. 결혼 전에는 아주 가끔 엄마와 명동에 있는 코리아 극장에서 영화를 보곤 했다. 물론 내가 초등학교에 다닐 때에는 동네에 있는 대흥극장에서 '미워도 다시 한번'을 보며 많이 울었던 기억도 있다. 그때는 미성년자 불가라든가 지정석이라는 게 없어서 어린 데도 신영균과 전계현, 문희의 삼각관계로 인해 꼬마 김정훈이 두 집을 오가며 눈물바다를 만든 영화를 볼 수 있었다.

그런저런 영화 말고 이번에는 정식으로 유명한 개봉관에서 어머니와 영화를 보기로 했다. 말도 못하고 글도 못 읽는 77세 외할머니와 집안 형편이 어려워 산골 할머니집에 맡겨진 천방지축 일곱 살 손자와의 기막힌 동거에 대한 영화였다. 슬프면서도 재미있는 영화라고 소문이 자자해서 며칠 전 남편과 봤음에도 불구하고 자꾸만 엄마 생각이 나서 친정어머니께 충무로에 있는 대한극장으로 나오시라고 했다. 영화를 본 후에 근사한 점심도 사드리겠다고 했다. 어머니는 다소 흥분된 표정으로 나오셨다. 사지 말라고 만류하시는 어머니를 만류(?)하며 팝콘도 사서 자리에 앉았는데 관객이 엄마와 나 둘뿐이다. 이상하다! 큰 극장에 엄마와 나만 덩그러니 앉아 있으니 영 기분이 나지 않았다. 어머니는 화면에 어른거리는 광고를 보시면서도 영화보는 거 맞냐고 불안해하셨다. 그러나 시간이 되자 영화는 시작됐고 다행히도 영화가 시작되자마자 여자 두 사람이 들어왔다. 결국 여자 넷이 영화를 보았다. 훌쩍훌쩍… 간간이 여자 넷이 울면서 본 영화가 끝났고 객석에 불이 들어왔을 때 우리는 마주 보고 눈물자국 남은 얼굴에 어색한 미소를 띠었다. 그들도 모녀지간이었다. 그렇게 인기 없는 영화가 아닌데 왜 이렇게 썰렁한지 모르겠다며 극장 밖으로 나왔을 때 우리는 비로소 그 까닭을 알 수 있었다.

2002년 6월, 거리는 온통 월드컵 축구로 '붉은 악마' 물결이었다. 더군다나 그날 오후에는 준준결승 경기가 벌어질 예정이었다.

벌써 14년 전이다. 우리가 어떻게 2002년 FIFA 월드컵 경기를 잊겠는가. 21세기 최초의 월드컵이자 아시아에서 처음으로 열리고 최초로 2개의 나라가 공동으로 개최한 제17회 FIFA 월드컵 경기는 축구의 '축' 자도 모르는 나도 우리나라가 4강에 올랐을 때 남편과 아들 둘과 함께 거실을 빙빙 돌았던 기억이 있다. FIFA 월드컵에 대비하여 2000년 12월 15일에 개통된 것이 월드컵경기장역이다. 부근에 산들이 성처럼 둘리어 있어 우리말로 '성메' 또는 '성미'라 부르던 성산城山이 있는 데서 연유되어

원래는 성산역으로 불렸는데, 한일 월드컵의 경기장 부지로 이곳 인근이 확정되면서 월드컵경기장역이 되었다고 한다.

월드컵경기장역은 운동경기를 보러 가기 위해서도 이용되지만 나들이를 가기 위해서도 많이 활용된다. 월드컵공원은 1978년부터 1993년까지 서울시 쓰레기를 매립하던 곳이었으나 멋진 공원으로 재탄생한 곳으로 유명하다.

월드컵공원은 하늘공원, 노을공원, 평화의 공원 등으로 구성되어 있는데 나는 하늘공원에만 몇 번 가봤다. 민들레 피는 봄, 계단을 오를 때에는 땀이 비오듯 쏟아지지만 올라가고 나면 시원한 바람이 온몸을 감싸며 수고했다고 칭찬해주는 여름, 갈대로 유명한 가을 하늘공원. 하지만 언젠가 나무에 기댔다가 피부염을 일으켜 병원에 다녔던 기억이 있어서 이제는 아무리 든든한 나무가 유혹해도 절대 기대지 않는다.

멀리서도 보이는 풍력발전 타워도 하늘공원의 명물이지만, 하늘공원의 매력은 쓰레기 매립지가 공원으로 거듭 태어났다는 데 있다는 건 누구도 부정할 수 없을 것 같다. 그러고 보면 누가 누구를 만나느냐에 따라 운명이 달라진다는 생각이 든다. 성산역도 월드컵경기를 개최함에 따라 이름이 달라지지 않았는가.

어느 집이고 붉은색 티셔츠 한 벌은 있었을 것 같던 2002년. 벌써 14년이 지났지만 월드컵경기장이라는 이름만 들어도 여전히 가슴이 뛴다.

'대한민국'을 외치며 온국민이 하나로 뭉쳐 4강까지 갈 수 있도록 성원을 다 했던 그 뜨거웠던 여름이 생각나는 건 비단 나뿐만은 아닐 거라고 생각한다. (2016)

6호선
P620

월
드
컵
경
기
장

처음 지하철 6호선 계획을 수립할 때만 해도 인근 지명을 따서 성산역으로 부를 예정이었던 이 역은, 2002년 월드컵을 앞두고 서울월드컵경기장을 건설하면서 2000년 12월 15일 개통과 함께 이름도 월드컵경기장역으로 바꿨다.

아날로그 여자 문명과 타협하며

'우물쭈물하다가 내 그럴 줄 알았다.'

수필가이면서 동시도 쓰신 Y 선생님이 생존하셨을 때 문학 모임에서 몇 번 뵌 적이 있었다. 그분은 모임에서 축사를 하실 때마다 그러셨다. 버나드쇼의 묘비에는 이렇게 적혀 있으니 여러분은 어떤 일을 할 때 망설이지 말고 적극적으로 행동하라고…. 하지만 좋은 말씀은 들을 때뿐이다. 나는 변화를 두려워하고 모험심이 없어서 매사 우물쭈물하다가 기회를 놓치는 편이다. 남들은 폰뱅킹이다 인터넷뱅킹이다 하지만 나는 아직도 돈을 찾거나 송금하기 위해서 은행으로 달려간다. 이런 핑계가 통할지 모르지만 주위 문인들이 척척 받아오는 문학지원금도 인터넷으로 들어가 서류 작성하는 게 너무 어려워서 한 번인가 시도했다가 그만두었다. 인터넷쇼핑도 못하는 처지이니 정보력인들 강할까.

명색이 6호선 지하철역 수필을 쓴다면서 수색역水色驛이 디지털미디어시티역으로 바뀐 줄도 몰랐다. 그야말로 물빛역이 최신식 이름의 역으로 바뀌었건만 나만 모르고 있었던 게 아닌가 해서 모처럼 친구에게 전화로 '디지털 무슨 역이 있는 것 같은데 그곳에 한번 가보자' 하니 친구가 웃는다. 역 이름을 단번에 못 외워 우물거리는 내가 우스웠나 본데, 나도 할 말이 있다.

흔히 디지털, 디지털 하지만 그야말로 디지털에 대해 딱 부러지게 정의할 사람이 몇 있을까. 나는 막연하게 구식인 아날로그와는 반대 개념으로 최신식 정도로 해석하고 있는데 컴퓨터로 검색해보면 '디지털이란 손가락을 뜻하는 라틴어 낱말 digit에서 나온 것으로, 숫자를 세는 데 쓰인다'로 설명되어 있다. 그렇다면 미디어란 무슨 뜻일까. '정보를 전송하는 역할을 하는 것'. 참 어려운 역 이름이다. 내 식대로 설명하자면 '최신식으로 정보를 전송하는 역할을 하는 도시역'인 셈이다.

어쨌든 말 나온 김에 우물쭈물하지 않고 디지털+미디어+시티역에서 친구와 만나기로 했다. 역 밖으로 나가 보니 벽에 붙어 있는 바람개비 모형은 돌지 않아 그런지 생동감이 없었고, 주황색 택시만 즐비하게 손님을 기다리고 있는 것이 어느 조용한 소도시의 풍경을 연상시켰다. 역 이름이 거창하다 보니 무의식적으로 내가 너무 많은 기대를 해서 그럴 수도 있을 거라는 생각으로 역 주변을 안내하는 표지판을 보니 역 이름에 걸맞은 굵직굵직한 방송국과 출판사의 이름이 보였다. 그러면 그렇지, 이름을 그렇게 지을 때는 다 이유가 있겠지 하는 마음으로 내친김에 친구와 근처에 있는 나지막한 산책길을 돌기로 했다. 어느새 봄이 왔는지, 우리가 어렸을 때 본 색깔 그대로인 노르스름한 산수유의 빛깔이 마음을 편안하게 해주었다. 익숙한 것이 편한 것은 사실이다. 그러나 빠르게 변하는 이 시대에 적응할 수 있으려면 새로운 것을 받아들이려는 적극성도 있어야 한다는 친구의 말에 고개를 끄덕이기도 했다.

몇 년 전, 버스 전용차도가 도입될 때도 처음부터 환영받지 못했다고 한다. 그 외에도 교통카드 환승제나 청계천 복원사업, 자동차번호판을 교체할 때도 마찬가지….

그러고 보니 주소를 도로명 주소로 바꾸는 데에도 힘이 들었을 것이다. 나부터라도 기존의 주소 놔두고 뭐 하러 도로명으로 바꾸는가 해서 짜증을 냈지만 점점 도로명 주소에 길들여지고 있다. 처음부터 환영하는 건 아니지만 세월이 흐르다 보면 받아들일 수밖에 없고, 차츰 익숙해지겠지 하다가도 어떤 때는 이해하기 어려울 때도 있다.

'동사무소'라고 하던 걸 '주민센터'로 바꾼다고 할 때 사실은 의아했다. 한글로 바꾸는 것도 아니면서 군이 외래어까지 넣어야 하나 싶어서…. 물론 바뀌야 할 이유도 있다고 본다. 젊은 사람들은 이미 외래어에 익숙해져 있는데…. 결국 1955년부터 사용된 '동사무소'라는 명칭이 52년 만에 '주민센터'로 바뀌게 되었다. 이제 명칭이 바뀐 지 7년이 되어 어느 정도 적응된다 했는데 그 명칭마저도 '동마을복지센터'로 서울에서도 몇

개 구만 시험적으로 바꿔보려고 한다는 기사를 며칠 전에 읽었다. 나 같은 소시민은 무엇인가 바뀐다고 하면 우선 겁부터 나고 그에 따를 버스 정류장이나 전철역 안내판, 기타 안내문 등등의 교체비가 은근히 걱정된다. 다 우리가 내는 세금으로 하는 거니까.

내가 어렸을 때 선생님들께서 말씀하시곤 했다. "너희가 어른이 되면 물도 사 먹고 공기도 사게 될지 모른다. 그리고 기계에 명령해야 하기 때문에 머리는 커지고 손가락은 길어질 거야. 그때 똑똑하지 못하면 기계를 못 부리게 되니까 너희 지금 공부 열심히 해야 해." 선생님 말씀이라면 무엇이든 잘 들었건만 나는 그리 똑똑하진 못한 것 같다. 힘겹게 취득한 운전면허증을 장롱에 모셔둔 채 운전도 못 하고, 그 편하다는 컴퓨터의 '엑셀'도 못해 모임의 감사를 맡아도 전자계산기로 더하기 빼기를 한다. 그야말로 아날로그식으로 살고 있으니 말이다.

살수록 '중간'이라는 게 참 어렵다는 걸 느낀다. 인간관계도 치우침 없이 골고루 정을 주면서 사는 게 덕을 닦는 길이고, 문명과도 적당히 타협해야 현대인으로서 누릴 수 있는 행복한 길을 걸을 수 있을 텐데… 그런 면에서 볼 때 오늘은 썩 괜찮은 하루였다. 우물쭈물하지 않고 친구와 만나 이런저런 이야기를 나눌 수 있었으니까. 이름이 길어서 DMC역으로 부른다는 디지털미디어시티역으로 되돌아오는 길, 보도블록 사이를 비집고 핀 제비꽃 빛깔이 유난히 짙었다. 환경이 열악할수록 꽃의 빛깔이 진하다는 친구의 말을 듣고 보니 도시의 삶에 적응하려고 나름대로 애쓰는 제비꽃이 안쓰러우면서도 기특했다. 자기의 존재를 알리기 위해 진보랏빛으로 하늘거리는 제비꽃을 모처럼 허리를 구부려 오랫동안 내려다보았다. (2015)

디지털미디어시티

2000년 12월 15일 6호선 개통과 함께 수색역으로 영업 개시하였다가 2009년에 경의중앙선 수색역과 구별하기 위하여 역 이름을 변경하였다.

30여 년 만에 만난
여고 친구와 시루떡

증산역에서 M전문대까지 택시 요금이 제법 나왔다. 학교로 오려면 새절역에서 내리는 게 좋다는 류 교수님의 말을 듣지 않은 까닭이다. 지하철 문 위에 걸려 있는 노선표를 보니 증산역 옆에 대학 이름이 쓰여 있기에 잘못 가르쳐 주셨다고 생각했다. M대학과 전문대는 조금 떨어져 있었다. 역시 어른 말씀을 듣지 않으면 손해를 보는구나 하면서도 택시비가 전혀 아깝지 않았던 것은 이곳에 정겨운 사람이 있어서였다.

사람의 인연이란 건 참 묘하다. 교수님 덕분에 여고 친구를 만나게 될 줄이야…

일 년 전 일이다. 모 기관에서 주최한 음식문화에 대한 수필 심사를 류 교수님 추천으로 하게 되었다. 모임 장소에 먼저 도착한 나는 책상 위에 올려져 있는 심사위원 명패를 죽 훑어보다가 교수님과 같은 학교의 교수로 재직 중이라는 어떤 이름 하나에 눈길이 멎었다. 살면서 가끔씩 떠

지하철 거꾸로 타다

올리던 이름이었다.

그 친구는 내게 선망의 대상이었다. 공부도 잘했지만, 생김새도 예뻤다. 피부가 하얗고 몸이 가녀려 우리가 '중 옷'이라고 불렀던 회색 교복도 잘 어울렸다. 심지어 배추벌레 색깔이라고 체육시간마다 투덜거렸던, 초록도 아니고 연두도 아닌 체육복조차도 그녀가 입으면 그런대로 괜찮았다.

바로 그녀의 이름이었다. 학교 앞에서 콩나물시루 같은 157번 버스를 타고 홍은동에서 내려 신촌으로 가는 8번 버스를 기다리며 이런저런 이야기를 나누었던 친구. 일 년에 한 번씩 문인협회에서 나오는 주소록을 뒤적이며 찾던 이름이었다.

잠시 후 심사위원들이 한두 사람씩 들어오기 시작했는데, 아~ 한눈에도 영락없는 그녀였다. 하지만 그 친구는 나를 기억하지 못했다. 내 얼굴은 물론 이름을 보고도 고개를 갸우뚱했다. 빽빽한 콩나물시루에서 물 빠져나가는 소리가 들리는 듯했다.

그날 집으로 오면서 떠오르는 몇몇 얼굴들이 있었다. 나도 그랬다. 큰아이가 고등학교 다닐 때 학부모회의에 참석했는데 누군가 다가오며 내 이름을 불렀다. 무척 반가워하는 얼굴로 고등학교 때 같은 반이었다는데 나는 끝내 그 친구의 이름을 기억해내지 못했다.

또 있다. 몇 년 전, 시어머니께서 병환으로 누워 계시니 신자들이 심방을 왔다. 그때 왔던 이 중 누군가가 내 손을 덥석 잡았다. 중학교 친구란다. 그때도 나는 그 친구의 이름을 기억하지 못했다.

나는 그랬으면서 몇십 년 동안 내 가슴에 담아두었던 친구가 나를 기억 못 하는 걸 보니 서운하기 짝이 없다. 하지만 어쩌겠는가. 우리의 기억력은 다 똑같은 게 아니니까. 설혹 내가 누군가를 더 많이 좋아하고, 오랫동안 기억하며 가슴 속에 그 추억을 안고 살았다 해도 그건 흉이 아니라고 위로할밖에. 때로는 가슴 속에 더 많은 삶의 보물을 갖고 사는 이가 행복한 사람이라고 미안한 마음을 전할 수밖에.

축제가 열리고 있는 교정에서 가을햇살 같은 얼굴로 친구가 맞아준다. 일 년 전에 만났다 서먹하게 헤어진 이후 또 다른 일로 만나게 되는 걸로 봐서 우리의 인연은 보통이 아니라는 생각을 하며 친구의 손을 꼭 잡았다.

작년에는 너무나 갑작스러웠던지라 기억 못 했지만 이제는 하나 둘 생각이 난단다. 자기가 다녔던 교회에서 열린 '문학의 밤'에 내가 왔던 걸 기억해내는 걸 들으며 속으로 뜨끔했다. 사실 나는 그녀가 다녔던 교회의 이름과 그 교회에서 인기 최고였던 남자애 이름은 기억하지만, 그녀가 '문학의 밤'에서 사회를 봤고, 내가 그 행사에 참석했었다는 건 기억 못 하고 있었기 때문이다.

볼일을 마친 후 택시를 타고 다시 지하철역으로 오면서, 어제까지도

지하철 거꾸로 타다

나와 상관없던 증산역이 다정하게 느껴졌다. 여고시절의 추억을 공유하고 있는 친구가 이 지하철역 가까이에 있다는 이유 하나만으로 증산역은 내 친구역이 되는 셈이다.

증산繪山은 산의 모양이 시루와 비슷하게 생겨서 '시루메'라고 하는데, 시루는 물이 새어 좋지 않다 하여 시루라는 뜻을 가진 증(甑) 자 대신 비단의 뜻을 가진 증(繪)을 쓴단다.

인디언의 크리크족은 11월을 가리켜 물빛이 나뭇잎으로 검어지는 달이고, 푸에블로족은 만물을 거둬들이는 달이라 했다. 내 어릴 적의 11월은 고사떡을 먹던 달이었다. 음력으로 시월 상달 안에 엄마는 붉은 팥을 가득 뿌린 시루떡을 쪄서 고사를 지내고 그 떡을 집집마다 돌리는 심부름을 내게 시키셨다.

이제는 고사떡이나 시루 보기가 어려워졌다. 그 대신 키 크고 날씬하게 예뻐지자라는 의미로 11월 11일이면 '빼빼로'라는 과자를 주고받는 모습을 보게 되었다.

미신이라고 부끄럽게 생각했던 고사떡이 갑자기 그리워진다. 올 11월 11일은 음력으로 10월 10일. 지금 내가 믿고 있는 종교를 떠나 시루 팥떡을 준비해 이웃들과 나눠먹고 싶다는 생각이 든다. 시루를 닮은 산, 증산 근처에 있는 대학에서 재직하고 있는 옛 친구를 만난 기쁨을 거뒀으니 물빛이 나뭇잎으로 검어지는 달에 추억을 나누고 싶다. (2005)

　　증산동 뒤에 있는 산의 모양이 시루와 같이 생겼으므로 시루메라 하며, 시루는 물이 새어 좋지 않다 하여 아름다운 비단의 뜻을 빌려서 증산繪山이라 한 데서 붙여진 이름이다.

새 절을 짓자 하지만

　　여름방학이면 아버지는 새벽마다 남동생들을 깨우셨다. 초등학생이었던 동생들이 일어나기 어려운 시각이었지만, 해병대 출신인 아버지는 거의 매일 '기상'을 외치셨다. 그런 아버지보다 더 강한 건 내 고집이었는지, 아니면 몸 약한 고명딸을 아버지가 봐주신 건지 나를 제외한 남동생들은 눈 비비고 일어난 토끼들이 되어 새 절로 향하곤 했다. 그리고 내가 일어날 때쯤 아버지는 약수를 내게 내미셨다. '아직도 자냐? 동생들은 새 절 한 바퀴 돌고 왔는데…. 어서 일어나 떠온 약수라도 먹어라.' 하시면서.

　훗날 아버지가 '새 절'이라고 부르는 곳이 이대 뒷문 쪽에 있는 봉원사라는 걸 알게 되었다. 초등학교 저학년 때에는 그곳으로 소풍가기도 했었다. 금란여고와 이대 부속중고등학교를 지나 언덕 위로 쭉 올라갈 때 봄 소풍이었지만 날씨가 몹시 더웠다. 목이 말라 잠깐 서서 수통에 담긴 물을 꿀꺽꿀꺽 마실 때, 길가에 있던 집 담장에서 덩굴장미가 나를 내려다보던 기억이 난다. 하지만 겁이 많던 나는 우리 반을 놓칠까봐 장미와 눈도 못 맞추고 그새 저만치 간 우리 반 꽁무니를 따라 달음박질했다. 그때 소풍간다고 새로 산 운동화는 뽀얀 흙먼지를 뒤집어썼고 수통에 남아 있는 물은 나와 함께 출렁출렁 달렸던 그곳이 바로 새 절이다.

물론 6호선에 있는 새절역은 봉원사 근처에 있는 역이 아니다. 새절역에 대한 자료를 검색해보면, 보통은 근방에서 가장 가까운 사찰인 서대문구 봉원동 소재의 봉원사를 가리키는 것으로 본다. 영조 때 불에 탄 절을 다시 지으면서 임금의 친필 현판을 받은 후로 봉원사란 이름과 함께 새로 지은 절이란 뜻으로 '신사'라고 불렀단다. 하지만 정작 봉원사는 경의선 신촌역에서 훨씬 가까운 이대 후문 근처에 있다.

지금까지 설명한 걸 요약하자면 이렇다. 신사는 우리말로 새 절이라는 뜻이다 - 새 절은 봉원사를 말한다 - 봉원사는 은평구 신사동에 있지 않고 서대문구 봉원동에 있다 - 봉원동은 이화여대 뒷문 쪽을 말한다 - 왜 이렇게 시시콜콜히 새 절에 대해 말하고 있느냐 - 어릴 때 아버지가 남동생들을 깨워 약수를 길어오던 곳이라 그렇다.

어린 추억 한 자락이라도 있으면 그곳이 귀하다. 하지만 옛 절에 머물지 않고 그때그때 새 절을 지으며 새로운 사람과 만나는 것도 괜찮은 삶이다. 지인 중에는 몇 년 주기로 거처를 과감하게 옮기는 이도 있다. 서울에서 강원도로, 강원도에서 경기도로, 그랬다가 이번에는 전남 땅끝 마을로 이사 갔다. 나보다 나이도 많은데 과감하게 옮겨다니는 걸 보면 한곳에서 20년 이상 머무는 나 같은 사람은 기가 죽는다. 운전면허증을 딴 지 20년이 다 되도록 운전도 못 해, 텔레뱅킹도 못 해, 자전거도 못 타… 할 줄 아는 것보다 못 하는 게 많아 허구한 날 옛 절만 지키고 새 절 하나 못 짓는 내가 이래서 되겠는가 싶어서 요즘엔 슬슬 용기를 내려 한다.

서울에서 가까운 곳에 전원주택 지어놓고 10년 이상 주말마다 다닌 길을 나 혼자 운전 못 해 늘 누군가의 도움을 받아야 한다면 말이 되겠는가. 세컴장치까지 다 돼 있는데도 호젓함이 두려워 새가 웃고 꽃이 노래하는 그 집 놔두고 일요일 밤에 꽉 막힌 길을 뚫고 서울로 온다면 누가 믿겠는가.

글 쓰기 앞에서 누군가 '난 못 쓰겠어' '난 안 되겠어' '재주가 없는 것 같아 포기 할래'하면 다독이고 격려하면서 정작 나는 남들이 다 하는 걸 못하는 편이다. 글 쓰는 모임에서 만난 친구 중에 등단은 안 했지만 글을 잘 쓰는 친구가 있다. 그래서 조금만 더 노력하면 등단도 할 수 있겠다고 하니 그녀는 고개를 가로 저으며 나보고 운전이나 해보라고 한다. 그러면 자기도 등단에 도전하겠다고.

해서 요즘엔 나 자신에게 주문을 외고 있다.

'더 늦기 전에 새 절을 짓자. 인생은 60부터라는데, 60도 안 된 내가 왜 이토록 겁에 질려 살까. 그래, 운전도 하고 전원주택에 며칠 머무르면서 미친 듯이 글도 써보고, 정말 내가 펴내고 싶었던 책도 펴내자. 나는 언제나 안락하고 익숙한 옛 절에만 머물려고 했지, 도전해 볼 생각을 안 했으니…'

하지만 여전히 자신이 없다. 은평구 신사동 새절역에 새 절이 없듯이, 내 자신감은 아직도 새벽잠을 털고 일어나지 못해 아버지를 못 쫓아간 서대문구 봉원동 새절에 머물고 있다. (2016)

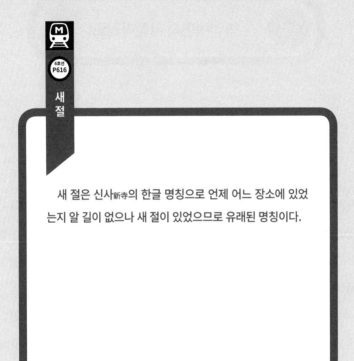

6호선
P616

새
절

　　새 절은 신사新寺의 한글 명칭으로 언제 어느 장소에 있었
는지 알 길이 없으나 새 절이 있었으므로 유래된 명칭이다.

응암역에서 역촌역까지는 딱 한 정거장이면 된다. 하지만 역촌역에서 응암역까지 오려면 다섯 정거장이나 돌아야 한다. 그래서 그런가, 응암역이 모든 일을 후딱 처리하고 야무지게 매듭짓는 아이라면 역촌역은 어떤 일 앞에서 할까 말까 머뭇거리며 어느 거 하나 깔끔하게 매듭짓지 못하는 아이처럼 여겨진다.

나는 요즘 마음이 편치 못하다. 둘째 아이가 대학입학 시험을 치렀는데 결과가 예상밖이었다. 큰아이를 통해 눈높이도 많이 낮췄고, 또 둘째 아이 성적도 형만큼은 안 돼도 그럭저럭 우수한 편이라 자기가 원하는 대학엔 갈 수 있으려니 했다. 그런데 결과는 그 낮추고 낮춘 눈높이마저 교만이었다는 듯 비웃고 있었다.

어떻게 해야 할지, 누구를 원망해야 할지 도무지 감이 잡히지 않았다. 이런저런 일들이 마치 아이가 시험을 못 보게 하려고 처음부터 꾸며진 연극 같았고, 그것과 관련된 사람들이 원망스러웠다. 그리고 내가 하던 모든 것이 허무해지고 덧없이 보였다. 그래서 문학행사에 초대받은 것도 시어머니의 병환을 핑계로 참석하지 않았고, 원고 마감일도 놓치고 있었다. 그때 누군가 우스갯소리로 그랬다. 어떤 일이 벌어졌을 때 남의 탓을 하면 살 수 있어도, 자기 탓을 하면 미치는 거라고…. 그렇다면 나는 미치지 않기 위해서 남의 탓을 한 것일까? 그래도 마음이 편치 않았고, 결국 나는 대기만성(大器晩成)이라는 한자숙어를 떠올리며 한 해 더 공부를 시켜야겠다고 마음먹었다. 그리고 병석에서 일어나듯 마음을 추스르고 문학 모임에 나갔다. 집에 오는 길에 연로하신 K선생님께 며칠 동안 있었던 이야기를 털어놓자 그 선생님께서 외투에서 자그마한 책을 꺼내셨다. 자투리 시간을 이용해 한자숙어를 공부할 수 있는 손바닥만 한 책이었다. K선생님께서는 그 책 표지에 적혀 있는 한자숙어 중 하나를 가리키며 읽어보라고 했다.

우공이산(愚公移山). 우공이 산을 옮기다. 즉 남이 보기에 어리석은 일 같아도 끊임없이 노력하면 반드시 이루어짐을 비유한 말이라며 우공이산에 대한 이야기를 해주셨다.

먼 옛날 태행산과 왕옥산 사이에 우공이라는 90세의 노인이 살고 있었다. 사방 700리나 되는 두 개의 큰 산이 집 앞뒤를 가로막고 있어 왕래하는 데 지장을 받았다. 어느 날 가족과 논의하여 산을 깎기로 했다. 우공은 산을 파서 삼태기에 담아 바다까지 가서 버리고 오는 데 일 년이 걸렸다. 이것을 본 황하의 지수라는 사람이 언제 죽을지도 모르면서 어떻게 그 큰 산의 돌과 흙을 다 옮기겠느냐고 비웃었다. 우공은 자자손손 계속하면 언젠가는 평평해질 날이 있지 않겠냐고 답했다. 이에 지수는 말문이 막혀버렸고 태행산의 산신령이 놀라서 천제께 호소하여 지금의 위치로 옮겨주었다.

K선생님은 열자列子의 탕문편湯問篇에 나오는 고사성어를 들려주며, 살다 보면 좀 늦게 될 수도 있는 거고 돌아갈 수도 있는 거니 아이가 용기를 잃지 않도록 격려하며 위로하라고 하셨다. 하긴 나도 살아보니 내 인생의 길이 탄탄대로는 아니었다. 자갈길이었고 때로는 찐득한 진흙길도 있어서 신발을 진흙 속에 빠트리고선 맨발로 올 때도 있었다. 하지만 분명히 가야 할 길이 있었기에 울다가도 그 신발을 다시 찾아 신었고, 자갈길에 신발이 뚫려도 걷기를 멈추지 않았던 것 같다.

이제 내 아이는 응암역에서 역촌역으로 한 번에 오지 못해, 빙 둘러 다섯 정거장을 거쳐 응암역에 도착할 것이다. 하지만 결코 그 과정이 헛되지 않을 거라 믿는다.

응암역은 봉화산에서 볼 때는 종점終點이지만, 응암역에서 볼 때는 시점始點이기도 하다. 아이가 인생을 좀 더 진지하게 보며, 자기가 발휘할

지하철 거꾸로 타다

수 있는 에너지의 기를 모으는 출발점이 되길 바라며 6호선 노선표를 가만히 들여다본다.

　외출에서 돌아와 화장대 위에 아무렇게나 던져놓은 듯한 목걸이 같은 6호선. 그 중에서도 응암-역촌-불광-독바위-연신내-구산 그리고 또 다시 들르는 응암역이 목걸이의 고리 모양이어서 목걸이의 핵심적인 역할을 하고 있다. 올 한 해가 둘째 아들에게 있어 구심점이 되기를 소망한다. 내년에는 역촌역에서 응암역으로 다섯 정거장이나 빙 돌아오는 것이 아니라 응암역에서 역촌역으로 단번에 갈 수 있길 빌며 재수학원 광고지 앞에 앉아 있는 아들의 차가운 손을 꼭 잡아본다. (2005)

M

6호선
P610

응암

봉화산역을 출발해 응암역에 도착한 열차는 행선지를 봉화산행으로 바꿔 응암 순환 구간을 지난다. 환승역이라고 할 수는 없지만, 구산역에서 불광역, 연신내역으로 바로 갈 수 없고 응암역이 섬형 승강장이어서 방향을 바로 바꾸어 탈 수 있기에, 간접적으로 다른 방향으로 갈 때의 환승역 역할도 한다.

611 역촌   교문 앞으로 마차가 지나가고

차멀미가 심한 내가 버스로 한 시간도 넘게 걸리는 역촌
동에 있는 중학교로 배정을 받았다. 그 먼 학교를 다니느니 마느니 할 때
어머니는 약도 한 장 들고 길을 나서자 하셨다. 내가 살던 이대입구에서
연희동을 거쳐 홍은동으로 해서 역촌동까지 걷던 그날은 1월 중에서도
몹시 추운 날이었다. 몇 시간을 걸었는지 장갑을 낀 손도 얼고 털 장화를
신었어도 발엔 감각이 없을 때쯤 도착한 교문 앞, 가만히 놔두어도 통곡
을 하고 싶은데 마차가 지나갔다. 그때가 1971년, 3년 동안 다녀야 할 교
문 앞으로 연탄을 싣고 지나가는 마차를 본 순간 세상은 온통 깜깜한 밤
이었다.

그러나 중학교를 안 보낼 수는 없으니, 이 먼 거리를 걸어다니든지 차
를 타고 다니든지는 네가 결정하라고 하신 어머니 말씀에 나는 입학하
기 전, 몇 번 버스를 타고 학교 가는 길을 익혀야 했다. 차멀미를 막는 데
효과가 있다고 해서 처음 몇 번은 배꼽에 파스를 붙이고 오징어를 씹기

도 했지만 입학 후에는 파스도 오징어도 필요없게 되었다.

가만 보면 어머니는 온순한 듯하면서도 상당히 강한 면이 많은 분이다. 내가 엄마였다면 어땠을까. 전학시킬 방법은 없을까 여기저기 수소문을 하든지 아니면 몸 약한 아이를 차멀미로 죽일 수는 없다며 중학교 보내는 것을 다음 해로 미뤘을지도 모른다. 그런데 어머니는 그 엄동설한에 몇 시간을 걷게 한 후 나 스스로 버스를 타고 다니게끔 만드셨다.

이것 말고도 어머니의 강한 성격은 아버지의 병수발에서도 나타난다. 그러니까 중풍으로 15년이 넘게 누워계시는 아버지를 혼자 간호하시지, 그렇지 않았으면 우리 4남매는 지금쯤 형제애고 뭐고 갈가리 찢겨 있을 것이다. 이것은 병든 부모님을 한 번이라도 모셔 본 사람이라면 내 말이 결코 과장이거나 엄살이 아니라는 것을 알 것이다.

조선시대 신하들이 장거리 여행 시 말이 쉬어 갈 수 있는 역이라 해서 지어졌다는 역촌동驛村洞. 나는 지금도 '역촌' 하면 어머니가 제일 먼저 떠오르고 그 다음 친구들이 떠오른다.

영옥이는 중학교 1학년 때 만난 친구다. 한동네에 살면서 같은 교회를 다녔기에(내가 다니던 학교는 기독교 학교였는데 칠판 한쪽 구석엔 매일 성경 말씀 한 구절씩 적혀 있었고, 월요일엔 교회에 다녀왔는지를 조사했을 뿐더러 일주일에 한 번씩 영어 단어, 한자, 성경구절 시험을 보았다.) 우리는 일주일 내내 붙어다닌 셈이다. 집에 올 때 가끔씩은 홍은동

지하철 거꾸로 타다

에서 내려 8번 버스를 타지 않고, 서대문교회 앞에서 내려 미동국민학교 앞으로 해서 아현동을 지나 집까지 걸어올 때도 있었는데, 무슨 할 이야기가 그렇게 많았는지…. 중학교 1학년 때에는 간판과 상점에 진열해 놓은 상품에 적혀 있는 알파벳을 엉터리 발음으로 읽어 내려가느라 바빴던 것 같고, 중학교 2학년 때에는 영옥이 담임선생님이신 수학선생님과 교회 회장오빠 이야기로 그 긴 거리도 짧다고 여겼던 것 같다.

중학교 3학년 때 만난 용자네 집에 가면 아리아 올겐이 있었고, 대학에 다니던 언니가 읽었다는 책과 고등학생인 오빠가 듣던 음악 테이프가 수두룩했다. 용자도 독서 수준이 꽤 높았는데, 자기가 감명 받은 생텍쥐페리의 '어린 왕자'를 내가 이해 못 하겠다고 하자 한동안 내게 절교선언을 하기도 했다.

하굣길 만원버스를 피하기 위해 153번 버스 종점까지 걸어가며 '지고 이네르바이젠'을 화음 넣어 불렀던 미자는 지금 성우를 하고 있고, 초등학교 교사를 하는 옥기와는 일 년에 한 번씩 만나 음악회에 가거나 산에 오른다.

아쉽게도 지금은 영옥이와 용자랑 연락이 끊겼다. 사실 영옥이는 미자를 통해 경기도 어디쯤 살고 있고, 식품회사 사장님 사모님이라고 언뜻 듣기도 했다. 그러나 내가 기억의 꼬리를 붙잡고 몇십 년 추억에 젖어 있는 것도 상대는 전혀 기억하고 있지 않다는 걸 몇 년 전 어느 친구를 통해 알게 되었다. 그때는 상대방에게 내 존재가 그토록 무의미했는가에 대해 무척 서운함을 느꼈지만, 지금은 '기억은 상대적이니 그럴 수도 있는 거'라고 이해하는 반면 이미 헤어진 친구들에 대해선 악착을 떨며 찾고 싶다는 생각을 버리기도 한다.

어딘가에서 잘살고 있겠지, 그리고 나처럼 이렇게 가끔씩 추억의 샘물을 마시고 있다면 그것만으로 족하리라, 하고 생각하는 걸 보면 나도 어느새 나이를 먹었나 보다. 그 아름답도록 강한 어머니는 칠순의 노인이 되셨고, 3년 동안 입어야 한다며 무교동에 있던 화신백화점에서 맞춘 교복치마 허리에 둘둘 감고 다녔던 우리들은 쉰 살이 넘었다.

그러나 오늘 나는 행복하다. 지하철 노선도에 새겨진 '역촌'이라는 역명만 보고도 40년 전 추억의 샘물로 목을 축여가며 이렇게 여행을 할 수 있으니 말이다. 책상 위에 펴놓은 지하철 노선도 위로 내 추억의 샘물은 다음 역인 불광역에서 벌써부터 나를 기다리고 있다. (2009)

조선시대 신하들이 장거리 여행 시 말이 쉬어 갈 수 있는 역延曙驛이 있어 역말이라 불린 데서 역촌이 유래되었다고 한다. 옛 지명으로는 마방촌, 토정리라 불리었다.

콩 심은 데 콩 나겠지

11월이지만 새벽 공기는 한겨울 같았다. 선배에게 내 코트를 입으라고 강요하길 잘 했다는 생각이 들었다. 이럴 때 내가 폼나게 운전을 하면 선배에게 두꺼운 옷을 입히지 않아도 좋으련만, 나는 '운전'이란 것에 대해 지나칠 정도로 두려워한다. 결국 새벽밥을 먹은 후 선배와 함께 불광역을 향해 떠났다. 진해에서 공무원을 하는 선배가 며칠 동안 머물 연수원이 불광역 근처에 있다고 했다. 오랜 세월 병석에 누워 계시는 친정어머니와 투병 중인 남편을 모시고 살면서도 직장생활을 열심히 하는 선배가 용감해 보였다. 그런 선배이지만 서울길이 낯설 게 분명하니 나와 함께 가자고 했다. 선배는 어제 저녁부터 우리 집에 와 머문 것도 미안한데 새벽부터 길을 나서게 해서 미안하다고 했지만 모처럼 불광동에 가보고 싶은 마음도 있었다.

불광동은 내게 익숙한 곳이다. 신혼 초 나는 시골 시댁생활에 적응하지 못한 부분이 많았고, 그럴 때마다 허약한 큰아이를 핑계대며 친정으로 내닫곤 했다. 버스도 다니지 않는 5리 길을 걸어 내유리에서 버스를 기다리고 있으면 버스정류장 앞에 있는 교회의 첨탑에선 유리구슬 같은 햇살이 머리 위로 노래처럼 흘렀다. 시외버스를 타고 불광동에 내리면, 색색이 빛나는 상점의 간판들. 그 촌스러운 빛깔마저 내 고향 서울의 빛깔이라 정겨웠다.

그러나 며칠 친정에 머물다가 시댁으로 돌아가기 위해 도착한 불광동은 을씨년스러웠다. 아이를 업은 건지, 아이가 매달린 건지 모르게 포대기 하나 제대로 두르지 못하는 어설픈 딸이 안쓰러워 친정어머니는 손자를 업고 불광동 시외버스터미널까지 오시곤 했다.

"엄마라는 사람은 강해야 한다. 아이가 조금만 아파도 퍼렇게 질리면 못써." 무늬만 엄마지, 뭘 어떻게 해야 될지 몰라 쩔쩔매는 딸의 손을 꼭 잡고 다독여주시던 친정어머니. 하지만 자식은 자기가 아쉬울 때만 부모를 찾는 법인지, 둘째 아이를 낳고는 점점 친정에 가는 횟수가 줄었다.

그럼에도 불구하고 불광동엔 여전히 자주 왔는데, 일요일마다 시어머님을 찾아뵙는 남편의 효심 때문이었다. 어머니께 가서 무슨 큰일을 하는 건 아니지만 남편은 일요일이면 무조건 식구들을 이끌고 불광동 시외버스터미널로 향했다. 우리집에서 청량리까지 버스로 40여 분, 경동시장 앞에서 154번 버스로 불광동까지. 또 그곳에서 한 시간 정도 시외버스를 타고 가면 아이들이나 나나 녹초가 되건만 남편의 고집은 꺾일

줄 몰랐다. 청량리쯤 와서 아이들이 목이 마르다고 해도, 남편은 길거리에서 무슨 음료수냐고 눈을 부라리기 일쑤였다. 그래서 우리가 불광동에 도착했을 때쯤이면 작은아이 눈에는 눈물이 그렁그렁했고, 나는 남편에게 섭섭해 입을 다물었다. 그 모습을 보고 눈치 빠른 큰아이는 아빠하고 엄마가 우리 때문에 싸우니까 더 이상 조르지 말라고 등 뒤에서 동생을 꾹꾹 찌르곤 했었다.

그래도 우리 아이들은 불광동을 즐거운 곳으로 기억할 거라고 믿는다. 왜냐하면 남편이 외국에 가 있는 동안에도 우리 셋은 자주 시골에 갔는데, 그럴 때마다 아빠의 눈치를 보느라 먹지 못했던 것을 맘껏 먹었기 때문이다. 터미널 앞에 있는 장터국수집에 들어가 냉메밀도 먹었고, 불광동시장에 가서 순대랑 떡볶이, 멸칫국물에 만 잔치국수의 맛도 별미였다.

터미널 앞에 있던 조그만 서점에 들러 아이들이 보고 싶어 하던 책 한 권씩 사주면 아이들은 시외버스의 덜컹거림 속에서도 책 읽기를 그만두지 않았다.

지금도 아이들은 군대에서 휴가 나오면 서점에 들러 책부터 산다. 길거리를 지나가다가 함께 간 음식점 간판이 보이면, 언제 가서 무얼 먹었고 무슨 이야기를 했는지를 또렷이 기억해낸다. 그럴 때마다 나는 아이들이 고맙다. 하찮은 기억까지 아름다운 추억으로 간직하고 있기가 어디 쉬운 일인가.

군대에서 아침마다 안부전화하는 아들들과 때로는 연인처럼 혹은 누나처럼 통화를 한다. 그런 내게 남편은 아들을 아들답게 못 키웠다고 나무라지만, 나는 그만하면 됐지 무슨 욕심을 그리 내는가 싶어 오히려 자신에게 너무 엄격한 남편이 안쓰러울 때가 있다.

시골 할머니댁에 가서도 뛰어놀기보다는 아랫목에 누워 책만 보던 아이들이었지만 큰아이는 지금 강원도 전방에서 장교로 잘 견뎌내고 있다. 또 작은아들은 보초를 서며 여름에는 모기와 겨울에는 추위와 싸우지만 집에서 앓던 비염까지 떨궈내며 잘 지내고 있다.

오히려 기온만 조금 떨어져도 아이들 생각으로 뒤척이며 잠못 이루는 내가 우리집에서 가장 나약한 존재다. 그래도 친정어머니는 나보고 씩씩하다고 칭찬하신다. 아들을 둘씩이나 군대 보내놓고 잘 참고 있다고…. 남들 눈에는 부족하기 짝이 없겠으나 늘 칭찬으로 격려하며 다독여주시는 친정어머니 닮아 나도 우리 아들들이 대견하고 자랑스럽다. 앞으로 살다 보면 인내와 의지의 뿌리를 더 필요로 하겠지만 그 토양만큼은 사랑으로 튼실하리라 믿는다. 삶에 대한 강함도 부드러운 사랑 속에서 크는 거라고 믿기 때문이다. 또 우리 아들들에 대해 믿는 구석이 있긴 하다. 섬약하고 감성적인 면은 나를 닮았지만, 누가 뭐라고 해도 자기 신념대로 움직이고 아무리 힘들어도 퇴근 후 운동을 해야 잠을 자는 의지력

강한 남편의 아들이 어디 가겠는가. 예로부터 콩 심은 데 콩 난다 했고 부전자전이란 한자숙어는 괜히 생겼을라고.

선배와 이런저런 이야기를 하는 동안 불광역에 도착했다. 연수원으로 가는지 몇몇 사람들도 커다란 여행 가방을 끌고 내렸다. 모두들 열심히 사는 모습에 조금 더 용감하게 살아야겠다는 마음도 들었다. 연수원 앞에서 선배와 헤어진 후 돌아서는데 뺨이 얼얼하고 손도 시렸다. 강원도는 여름만 지나면 빙하기라고 했던 큰아이 말이 생각나니 더욱더 코끝이 쨍하니 아파왔다. 언제 나는 용감한 엄마가 될까. 불광역을 향해 걷는 내 발걸음도 시리다. 20여 년 전 나를 불광동까지 데려다주고 돌아서던 친정어머니의 발걸음 또한 이러했으리라. (2009)

불광佛光이라는 지명은 글자 그대로 이 근처에 바위와 크고 작은 사찰이 많아 부처의 서광이 서려 있다고 해서 이름 지어진 것이다.

우리의 겨울은 여름이었다

봉화산역에서 한 시간 넘게 걸린다는 걸 알면서도 독바위 역으로 향한 이유는 무엇일까. 그것도 겨울비가 내릴 거라는 토요일 오후에.

서울 출신 초등학교 졸업생들은 동창회 하는 것도 흔치 않다는데, 우리는 일 년에 네 번 하는 동창회 말고도 매월 둘째 주 토요일에 산행을 한다. 어느새 나이가 들어 한 친구의 표현을 빌리자면 남자도 아니고 여자도 아닌 것들(?)이 스스럼없이 '얘, 쟤!' 하면서 별 거 아닌 거 갖고도 목젖이 보이도록 웃으며 산행을 한다. 그렇다고 동창생 모두 하는 건 아니다. 건강상태나 집안행사를 고려해 산행을 할 수 있는 친구들은 산에 올랐다가 내려오고, 오늘 나처럼 산행이 허락되지 않는 친구들은 뒤풀이에라도 참석한다.

뒤풀이 장소는 불광사쪽이라고 했다. 꼼꼼한 산악대장이 며칠 전에 보내 준 메시지를 보고 고민했다. 연신내역에서 내려 마을버스를 타면 얼마 걷지 않아도 되고, 독바위역에서 내리면 10분 가량은 걸어야 하는데 어떻게 하는 게 좋을까. 물론 내 다리는 튼튼하니까 10분 정도 걷는 건 아무렇지도 않은데, 길눈이 어두운 내가 초행길을 찾아가야 한다는 게 걱정스러웠다. 이럴 때 같은 처지에 있는 친구와 만나 걸으면 하나도 걱정할 게 없는데, 오늘따라 뒤풀이에 참석하러 오는 친구들은 약속시각보다 훨씬 늦게 참석한다고 한다. 그래, 오늘은 무조건 부딪쳐보는 거다. 설마 눈 뜨고 입 두고 길 못 찾겠냐.

독바위역은 북한산 등산객들이 많이 이용하는 역이니 북한산역으로 바꾸자는 여론도 있나 본데, 나 개인적으론 이렇게 해야 역이름에 대해 한번 더 생각해 볼 기회를 가지지 않을까 싶다.

독바위역은 우리가 쉽게 짐작하는 대로 북한산에 독처럼 생긴 바위가 있어 그렇게 이름지어졌다고 한다. 독바위는 보는 방향에 따라 족두리봉이나 시루봉이라고 한다는데 글쎄, 나는 이미 아들 둘을 결혼시키고 손자까지 있어서 그런가 족두리 보다는 항아리나 시루 쪽으로 마음이 더 끌린다. 사실 독바위역까지 오는 내내 여자들만 모인 모임의 회원들과 카톡하면서 간장 담글 메주 고르는 법, 간수를 뺀 소금 구입 방법, 항아리는 어디서 사야 하나 등등 온통 살림 걱정에 빠져 있었다. 일단 밖에 나오면 살림과 가족에 대해선 좀 잊자 생각해도 그게 쉽지 않다. 대신 봉화산역에서 독바위역까지 오는 한 시간이 전혀 지루하지 않았다.

독바위역의 첫 이미지는 조용하고 깊었다. 토요일 오후인데도 전동차에 오르거나 내리는 승객수가 많지 않았다. 산악대장이 안내해 준 메시지를 보며 1번 출구로 향하는데 에스컬레이터만 세 번 탔다. 그나마 출입구에 있는 것이 가동 중지되어 그렇지 그것까지 탔으면 네 번을 타야 한다. 알고 보니 독바위역은 지하 6층이란다. 속이 깊은 항아리에서 빠져나와 1번 출구로 나오니 소박한 동네와 바로 연결되어 있었다. 그러나 독바위역에서 나를 맞아주는 건 소박하지 않았다. 갑자기 비바람이 불어와 모자도 안 쓴 내 머리를 산발로 만들었다. 아무리 남자도 아니고 여자도 아닌 초등학교 동창을 만난다고는 해도 이건 너무하다. 대충 머리를 쓸어 넘기고 다시 산악대장의 메시지를 꺼내본다. 1번 출구에서 좌회전을 하라고 했나, 우회전을 하라고 했나? 몇 번을 봐도 외울 수 없는 게 나이 탓인가? 메시지에서 시키는 대로 좌회전한 후에 6분 정도 걸으면 불광중학교가 나타난다고 했는데, 아무래도 불안하다. 지나가는 노인에게 불광중학교가 어디 있냐고 하니까 언덕만 넘으면 된다고 했다. 믿음과 기대감을 갖고 넘는 언덕은 그런대로 넘을 만했다. 작은 찻집도 정겨워 보였다. 드디어 언덕 아래로 불광중학교가 보인다. 안심을 하고 다시 산악대장의 메시지를 꺼내 본다. 불광중학교와 CU 사이를 끼고 걷다 보면 6번 마을버스 종점이 나타난다고 했다. 'CU'는 뭐지? 메시지를 받을 때부터 궁금했던 CU다. 커브를 틀라는 이야긴가? 가까이 가 보니 눈에 익은 편의점 간판이 보인다. 관심을 가지지 않으면 보고 있어도 보이지 않나 보다.

그나저나 비바람은 여전히 불고 하늘은 점점 어두워진다. 하산하는 등산객 몇 무리가 지나가자 산으로 올라가는 길에는 인적도 없고 스산하기조차 했다. 도대체 친구가 뭐길래 이렇게 토요일 오후, 동행하는 이도 없는 이 낯선 길을 혼자서 걷는 걸까? 빗방울이 떨어지기 시작했다. 겨울비치고는 많은 비가 내린다고 했는데, 덜렁대는 나는 우산도 챙겨오지 않았다. 후두둑! 떨어지는 비를 맞으며 약속장소로 가는데 쉽게 나타나지 않는다. 무서운 생각도 들고 짜증도 나서 이미 약속장소에 와 있는 산악대장보고 나를 데리러 오라고 할까 하다가 왠지 오기가 생겨서 전화하지 않았다. 길눈 어두운 나도 할 수 있다는 걸 보여주마.

마을버스 종점을 지나서 한참을 더 올라간 후에 음식점 간판이 보였다. 빗방울은 아까보다 훨씬 강해졌다. 음식점 앞에 비닐로 쳐놓은 곳에서 친구들 웃음소리가 들린다. 여직 느꼈던 두려움, 섭섭함 등은 순식간에 없어지고 닭백숙이 끓고 있는 냄비 앞에 앉았다. 반가워하며 악수하는 남자도 아니고 여자도 아닌 것들의 손이 따뜻했다. 우리는 수없이 되풀이한 초등학교 뒷문 쪽에 있던 개바위와 정문 앞에 있던 419문방구 이야기를 하며 이야기보다 더 많은 웃음을 터뜨리기 시작했다. 겨울비는 우리의 웃음소리에 뒤질세라 장맛비처럼 퍼붓기 시작했다. 비닐 천장으

로 떨어지는 빗소리가 우리의 지금은 겨울이 아니라 여름이라고 말하는

듯했다. (2016)

독박골은 독바위골의 줄임말로 독바위골의 바위가 독(항아리)과 같다 해서 붙여진 지명이라는 설과 유달리 바위가 많아 숨기 편하다 해서 붙여졌다는 설이 있다. 다른 일설에 의하면 인조반정 당시 일등공신이었던 원두표 장군이 거사 직전까지 숨어 지내던 독바위굴의 이름에서 유래되었다고 한다.

나만 바쁜 게 아니었다

614
연신내

      가끔 회원들 몰래 예쁜 스웨터나 따뜻한 겨울 스타킹을
내 가방에 살짝 넣어주는 모임의 선배가 있다. 오늘은 그 댁의 혼사가
있다. 설레는 마음으로 아침부터 서둘러 외출 준비를 끝내고 나니 예식
시간까지는 2시간 반 정도 남았다.

  그래, 오늘은 느긋하게 6호선을 타보자. 6호선에서 3호선으로 갈아타
려면 보통은 약수역에서 내렸지만 오늘은 갈 때까지 가보자 마음먹었
다. 손에는 얼마 전 나온 동인지도 들려 있었다.

  집 앞에서 마을버스를 놓쳐도 괜찮았다. 골목길을 빠져나와 조금 빙
빙 도는 다른 버스를 타고 역 앞에 내렸더니 이번엔 건널목 초록불이 빨
간불로 바뀐다. 그래도 초조하지 않았다. 예식 시간까지는 두 시간이나
남았으니까. 다행히 응암행 전동차가 바로 와서 그동안 바빠서 읽지 못
한 동인들의 수필을 읽고 있는데 버티고개역쯤 오니 졸음이 몰려오기
시작했다. 3호선으로 갈아탈 수 있는 불광역 내지는 연신내역까지는 아

직 멀었으니 머리를 차창에 대고 졸기 시작했다. 한참을 졸았는데도 눈 뜨면 공덕역, 눈 뜨면 합정역…. 디지털미디어시티역까지 왔을 때는 괜한 짓을 했다는 생각이 들기 시작했다. 내가 아무리 6호선 전철역에 대한 수필을 쓴다고 해도 귀한 시간을 전동차 타고 빙빙 돌고 있다는 생각이 들었다. 그런데 불광역쯤 왔을 때에는 이 무슨 오기란 말인가. 이왕 이렇게 된 거 독바위역 지나 연신내역까지 가보자 마음먹었다. 결국 약수역에서 내렸으면 열두 정거장이면 될 거리를 스물두 정거장으로 돌고 돌아 전동차를 탄 지 1시간 5분 만에 연신내역에 도착했다. 그래도 예식 시간은 한 시간 가량 남았으니 아직은 여유가 있다. 구산역으로 향하는 전동차의 꽁무니에 손을 흔들며 3호선 갈아타는 곳으로 걸으면서 추억을 더듬는다.

70년대 중반기의 연신내. 내게는 추억이 깃든 곳이다. 뺑뺑이로 추첨된 고등학교가 있던 곳. 서대문에서 탄 158번 버스에서 내려 헌책방이 있던 연신내를 쭉 따라 걷고도 한참을 걸어야 산꼭대기에 있는 학교에 도착할 수 있었다. 학창시절 내가 살던 이대 입구에도 학교가 많은데 이렇게 멀고 먼 곳까지, 그것도 내가 전혀 원하지 않은 학교까지 다녀야 했기에 학교 가는 길이 즐겁지 않았다. 게다가 학교 입구 골목길에는 그 무서운 '바바리맨'까지 있어서 연신내부터 몇몇이 줄지어 교문까지 걸어갔다. 그래도 신기한 것은 바바리맨의 거시기를 봤다고 말하는 친구들이 한 반에 꼭 한두 명씩은 있어서 애들은 쉬는 시간이면 소리를 빽빽 질러가면서도 용감무쌍한 친구들의 무용담을 듣곤 했다.

연신내는 1988년도에 나와는 또 다른 인연으로 맺어진다. 결혼하고 처음으로 분가한 곳. 5리를 걷고도 시외버스로 30분을 나와야 하는 곳에서 시부모님 모시고 살다가 큰애 유치원에 보내기 위해 서울로 나온 곳이다. 대부분의 반찬을 밭에서 해결해야 했던 곳에서 집 근처에 시장이 있는 곳으로 이사했다는 것만으로도 즐거웠다. 특히 청구성심병원이 집 근처에 있어서 마음 든든했다.

조그만 '연천'이라는 시내가 흐르고 있어서 '연신내'라고 불렸다는 그곳이지만 내게는 주부에서 문학인으로 연결시켜준 거대한 서울 그 자체였다. 일곱 살과 네 살, 두 아들을 키우면서 전국주부 편지쓰기 모임 일을 했던 곳. 오늘 아들을 결혼시키는 선배도 그 모임에서 만났고, 서른한 살 새파란 열정으로 가득 찼던 나는 총무를 하면서 일 년에 500여 통의 편지를 쓰며 회지를 만들었다. 그것이 문학수업인지도 모른 채. 덕분에 연신내를 떠난 지 얼마 안 돼 수필가가 될 수 있었다.

연신내에 얽힌 추억을 더듬으며 3호선으로 갈아타는 곳까지 걸었다. 잠깐 화장실에 들렀는데 공교롭게도 내가 들어간 곳은 지저분했다. 연신내에서 몇 년을 살았다는 인연이 있어서 그런가, 지저분한 화장실을 보는 순간 불쾌하기보다는 교통의 요지에 있는 연신내역 화장실이 여러 사람에게 시달리고 있다는 게 안쓰러웠다.

전동차를 기다리며 시계를 보니 예식 시간까지 50여 분이 남았다. 어느 노인이 정발산역을 가려 하는데 어디서 타야 하냐고 해서 나와 같은 걸 타면 된다고 하는데 바로 전동차가 들어왔다. 한산했다. 자리에 앉자마자 방송이 나온다. '이 전동차는 구파발까지 가는 거'라고. 그러면 그렇지. 어쩐지 사람이 없더라. 좀 전에 정발산역까지 가는 노인에게 미안하지만 이곳에서 내려야 한다며 손을 끌었다. 대화역까지 가는 전동차가 오기까지 10분을 기다리다 보니 초조해졌다. 예식까지는 40분밖에 남지 않았다. 시간이 많다고 너무 느긋하게 굴었다는 후회가 밀려왔다. 하필이면 이럴 때 젊다고 게으름 피웠던 나의 지나간 시간들이 겹칠 건 뭐람.

30대 후반에 수필가가 되었지만 문학에 정진하지 않았다. 글 쓰는 걸 여가활용 정도로 생각하며 동시도 배우고 직장도 다니고 학교도 다니며 성인시도 썼다. 어느 하나에 몰두하지 않았지만 바쁘기는 꽤 바쁜 세월을 보내고 그 어느 장르에서도 내 이름 하나 새겨 넣지 못했다는 생각이 들어 정신을 차리고 보니 어느새 50대 중반을 넘기고 있었다. 주변의 선생님들이 재능은 있는데 노력을 하지 않는다고 말씀하실 때마다, 열심히 안 해서 그렇지 마음만 먹으면 좋은 글도 쓰고 책도 줄줄이 펴낼 거라고 믿었다. 그런데 그게 아니었다. 어느새 첫 수필집을 펴낸 지 10년이 넘었고 올해는… 올해는… 하면서 넘긴 햇수만도 5년이 넘었다. 나만 바쁜 게 아니라 시간도 바빠서 나를 기다려 줄 여유가 없다는 걸 미처 깨닫지 못했다.

백석역에 도착해 예식장으로 달려가니 일찌감치 온 회원들은 혼주와 인사를 끝내고 자리에 앉아 있는데, 내 눈은 혼주를 찾느라 허둥거린다. 선배는 안사돈과 함께 손을 잡고 촛대에 불 밝히러 가고 있었다. 시간이 충분할 거라면서, 오히려 남을 거라면서 전동차를 타고 빙빙 돌다가 혼주와 눈도 못 맞춘 후배를 선배는 어떻게 생각할까. 나를 몹시 아꼈던 만큼 내가 오길 많이 기다렸을 텐데…. (2015)

6호선
P614

연
신
내

  연신내역은 고양, 파주, 양주, 의정부 방면으로 가는 수많은 버스노선이 있어, 수도권 서북부 교통의 최대 요지로 꼽힌다.

이름값보다는 성실을

살다 보면 과분한 사랑을 받을 때가 있다. 10여 년 전 L 교수님의 전화는 그 당시 축 처져 있는 나를 일으켜 세우기에 충분했다.

L 교수님은 문예지를 통해 그저 성함만 알 정도였는데, 어느 날 전화하셔서 모처에 수필 심사할 게 있는데 요즘 시간이 어떠냐고 하셨다. 시어머니 병간 중에 있고, 대학원에 다니느라 정신이 없다고 하니 시간 좀 내보라고 하셨다. 그때 남편은 해외에 나가 있고 작은아들은 고3이었다. 양평에다 집을 짓고 있는 지도 얼마 안 된데다 시어머니는 병중이셨다. 무엇보다도 나이 먹어 대학원에 가니 누가 시킨 것도 아닌데 나는 뱀이 되어 땅을 기어다닐 수밖에 없는 처지라 만사가 귀찮고 의기소침해 있었다.

L 교수님이 말씀하신 심사의뢰처는 누가 봐도 과분한 곳이었다. 심사위원끼리 만나는 날, 그곳에 가보니 역시 나는 낄 자리가 아니었다. 대부분 장르별로 대단한 선생님들이 오셨고 나는 보조라고 해도 영광인데

188

심사비를 그분들과 똑같이 받는다고 했다. 물론 나는 L 교수님의 기대에 어긋나지 않게 한 달이라는 긴 시간 동안 응모된 수백 편 작품을 한 편도 허투루 보지 않고 꼼꼼하게 읽었다. 그 덕에 2년 연속 심사위원이 될 수 있었다.

그러고 나서 10여 년 동안 L 교수님하고는 만난 적이 없었다. 단지 지하철 노선도를 볼 때마다 '구산' 앞에서는 L 교수님을 떠올리곤 했다. 교수님 댁이 구산동이라고 했던 걸 나는 잊지 않고 있었다.

구산동은 1914년 경기도 고양군 은평면 구산리에서 1944년에 서대문구로 편입되었다가 1979년에 은평구 관할이 되었다고 한다. 산에 거북받침의 인조별서유기비仁祖別墅遺基碑가 있는 것에서 구산동이라는 이름이 유래되었다고 하는데, 내게는 L 교수님 댁이 그곳에 있다는 것만으로도 거북산 동네가 정겹게 느껴졌다.

잊지 않고 있으면 언제든 다시 만나는 것일까. 얼마 전 뜻밖에도 L 교수님을 만나게 되었다. 이번에도 행복한 자리였다. 2년 전부터 광진문화예술회관에서 수필창작반 강사를 하고 있는데, 나를 찾아온 동시 지망생이 있었다. 환갑이 지난 그녀는 시 공부를 한 지 오래된 분인데, 아무래도 시보다는 동시를 쓰는 게 좋을 것 같다는 시 선생님의 말씀대로 방향을 바꾸기로 하고 우리 수필창작반 교실로 왔다. 오랫동안 좋은 선생님에게 시를 배워서 그럴까. 그녀는 나와 함께 다듬은 동시로 응모하자마자 연거푸 안데르센 문학상과 무궁화 문학상을 받게 되었고 가을엔 동시인이 되었다.

　강사인 나로서는 등단하는 첫 수강생이었다. 내가 등단할 때보다 더 설레는 마음으로 시상식장에 갔더니, 뜻밖에도 L 교수님이 계셨다. 우리 수강생의 작품을 심사하신 분이 바로 L 교수님이셨다. 나와 나의 수강생까지 연결된 L 교수님과의 귀한 인연에 나는 어쩔 줄 몰라했다. 아직도 구산동에 사시냐고 물으니 지금은 사모님께서 교사를 하는 따님 뒷바라지를 해야 하기에 이사를 했다고 하셨다. 그래도 나는 내가 살았던 연신내에서 한 정거장 거리에 있는 구산역 이름을 볼 때마다 L 교수님의 은은한 미소를 떠올릴 것 같다. 10년 전 무명작가인 나를 무슨 까닭으로 그렇게 귀한 자리의 심사위원으로 불러주셨느냐고 하니, 이름값보다는 성실한 사람을 더 귀히 여기신다는 L 교수님. L 교수님이 사셨던 구산, 거북산동네 역이 내가 앞으로 어떻게 살아야 할지를 확실히 가르쳐준다.

6호선
P615

구
산

경기도와 도 경계를 이루는 뒷산의 산 모양이 거북이 형
상을 하고 있어, 예로부터 그 아래 마을을 구산동이라 불렀
다.

첫 교정지를 받은 날은 저의 쉰아홉 번째 생일이었습니다. 생일날 아프면 안 된다는데 공교롭게도 며칠 전부터 감기몸살로 시달리고 있어서 아침에는 일어 나지도 못하고 입덧하는 둘째 며느리에게 식구들 식사를 부탁했지요.

전철역에 관해 쓰기 시작한 마흔다섯 살 여자가 어느새 시어머니가 되고 할머 니가 되었네요. 가을이면 또 두 명의 손주가 더 태어나니 책을 내기까지 걸린 13 년의 세월이 실감 납니다.

다른 때와 달리 심하게 앓는 나를 위해 가족들이 한마음이 되어 따뜻하게 보살 펴준 덕에 오후에는 어느 정도 정신을 차렸는데, 그때 교정지가 선물처럼 찾아 왔습니다. 조금 전까지도 끊임없이 나오는 기침과 가래, 온몸의 욱신거림에 누워 있었는데 저는 그 선물을 풀자마자 돋보기안경을 찾고 앉은뱅이책상 앞에 앉았 습니다.

글은 내가 썼지만, 세상에 내놓기 위해 옷을 입히는 출판사 측의 노고가 엿보 여 고마운 마음이 들었습니다. 그리고 스쳐 지나갈 수 있는 시간을 이렇게 잡아 둘 수 있는 재주가 내게 있다는 게 기뻤고, 이렇게 책을 낼 수 있도록 도와주는 가족이 있다는 게 고마웠습니다. 생일 선물을 뭐로 할까 고민하는 아들 며느리 들에게 저는 출판비를 좀 보태달라고 했거든요. (ㅎㅎ)

가끔 텔레비전에서 보곤 합니다. 자녀들이 '우리 엄마가 우리 때문에 너무 희 생했어요' 하며 우는 모습을. 저는 그럴 때마다 양심의 가책을 느낍니다. 나는 아 들 둘을 키우면서 전적으로 희생했다는 생각은 갖지 않거든요. 사실 아이들 때 문에 못 한 것도 있겠지요. 남편 눈치 보느라 삼킨 것도 있고, 시댁 행사에 참석 하느라고 동시인으로 등단할 때 참석해준 많은 문우를 서운하게 했던 날도 있었 습니다. 그러나 크게 봤을 때 저는 결혼한 후에 대학과 대학원을 다녔고, 문인이 되었기에 결코 희생만 한 엄마는 아니었습니다. 결혼하고 얼마 안 됐을 때부터 남편이 그랬지요. 훗날 나이 들어 자식 때문에 하고 싶은 것 못 했다고 하지 말고 '자기를 키울 수 있는 일'을 하라고요. 물론 그 말에 대한 책임 때문에 남편이 오랜 세월 말도 못 하고 힘들어했다는 건 잘 알지요.

  수필로 등단한 지 20년이 되는 해입니다. 동시는 16년, 시는 10년째 되는 해이지만 나는 어떤 분야로도 유명해지지 않았습니다. 그러나 쉬지 않고 늘 문학의 길을 걸었다는 것이 자랑스럽습니다. 특히 4년 전부터 광진문화예술회관에서 수필창작반 강의를 하면서 '참 좋은 문학회'라는 이름 아래 그들과 함께 문학 이야기를 하게 된 것이 무엇보다 행복합니다.
  마음엔 있었으나 차마 내색하지 못한 나의 욕심을 알고 사진을 싣자고 의견을 내준 코드미디어 발행인, 나처럼 나이가 들어 이젠 어깨가 아프다면서도 카메라 가방을 끌고 나온 고등학교 친구 김복희 수필가, 친구가 강의하는 곳으로 나오기 쉽지 않을 텐데도 묵묵히 따라주고 꽃 사진 몇 장 건네준 초등학교 친구 김태식 수필가에게도 이 자리를 빌려 고마운 마음을 전합니다.
  그리고 누구보다도 내게 글을 쓸 수 있도록 용기를 주고 문학의 길까지 동행하고 있는 남편 이동석 수필가에게는 이 수필집의 반은 '당신의 것'이라고 말하고 싶습니다.
  누군가는 그랬습니다. 독자에게 내놓는 책에 가족과 친구 이름을 나열해놓은 서문을 보면 그 책 읽기 싫다고…. 그래서 이번에는 조심하려고 했는데 어쩔 수 없네요. 문학활동하는데 용기를 준 사람들이 너무 많아서. 이것도 내 복이라 생각하며 끝으로 내게 글재주를 주신 부모님께 고마운 절 깊게 올립니다.

2017년 3월 24일

서금복 드림

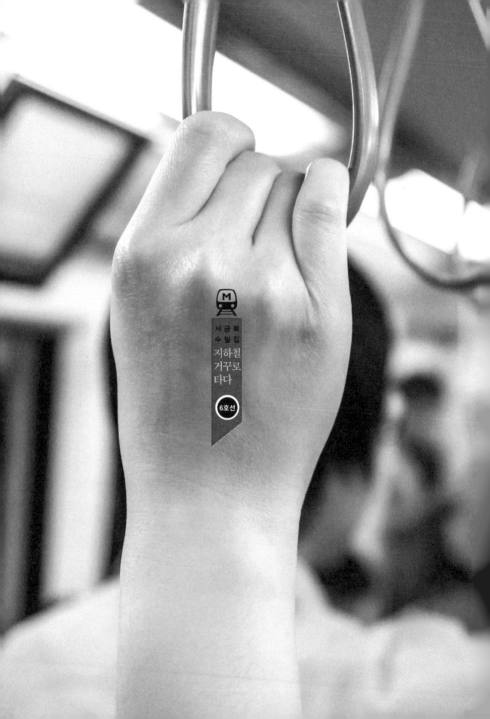

서 금 복
수 필 집

지하철
거꾸로
타다

6호선